suhrkamp taschenbuch 1151

Jurek Becker (1937) studierte Philosophie, schrieb Filmdrehbücher, Fernsehspiele. Er lebt in West-Berlin.

Es geht um Kilian. Kilian ist ein junger Mann. Er ist Nachrichtenredakteur, er ist unverheiratet, doch seit Jahren befreundet mit Sarah. Kilian wohnt in Untermiete bei Frau Abraham. Soweit sind die Verhältnisse überschaubar. Doch die Erzählung beginnt am Montag, an jenem Tag, als Frau Abraham zur Reise aufgebrochen war und Kilian das lange Geplante in die Tat umgesetzt hat: den Selbstmordversuch. Aber das Ende eines vorläufigen Versuchs ist lediglich ein gebrochener Arm.

Warum das? Nicht nur Kilian äußert sich. Eine unglückliche Liebesgeschichte ist es nicht; es gibt gründlichere Gründe. Seit vier Jahren arbeitet er als Nachrichtenredakteur. Und die Nachrichten sind schlecht, schlimmer noch, sie werden immer schlechter.

Das ist alles? Ist nur Kilian auf dieser Welt so sensibel ausgerichtet, daß er an dieser Welt zugrunde gehen muß? So glaubt er und verschweigt den anderen die Wahrheit.

»Das Buch ist so traurig, wie ein Mensch nur traurig sein kann. Aber es hat darüber ein Lächeln, von einer Innigkeit, wie man es ganz selten in sich verspürt, wenn einer zu uns kommt mit den Trübnissen dieser Welt. Und das macht Autor und Buch rühmenswert.«

Georg Ramseger, St. Galler Tagblatt

Jurek Becker
Aller Welt Freund

Roman

Suhrkamp

Umschlagfoto: Peter Peitsch

suhrkamp taschenbuch 1151
Erste Auflage 1985
© Suhrkamp Verlag Frankfurt am Main 1982
Suhrkamp Taschenbuch Verlag
Alle Rechte vorbehalten, insbesondere das
des öffentlichen Vortrags, der Übertragung
durch Rundfunk und Fernsehen
sowie der Übersetzung, auch einzelner Teile.
Druck: Ebner Ulm · Printed in Germany
Umschlag nach Entwürfen von
Willy Fleckhaus und Rolf Staudt

3 4 5 6 – 90 89 88 87

Alles schien wie am Schnürchen zu laufen, die Gedanken hörten langsam auf, und es wurde Frieden. Aber nein, ausgerechnet an diesem Tag mußte Nebel sein, und alle Flüge mußten abgesagt werden, und sie kam, anstatt für drei Wochen zu ihrer Schwester zu verschwinden, noch am selben Mittag zurück. Ich hätte mich natürlich mit Der Sache nicht so zu beeilen brauchen. Ich hätte mir sagen können, ruhig Blut, Junge, wenn Die Sache dreißig Jahre Zeit gehabt hat, wirst du es auch noch ein paar Stunden länger aushalten. Immer wenn etwas schiefgeht, bin ich groß im Erklären.
Die Katastrophe wäre leicht zu verhindern gewesen, ein Blick nach draußen hätte genügt. Himmelherrgott, nur aus dem Fenster hätte ich sehen müssen, schon wäre mir klargeworden, daß bei solch einem Nebel kein Flugzeug starten kann.
Ich hatte alles gut vorbereitet, doch was heißt vorbereitet, es gab ja kaum etwas zu tun. Ich hatte Klebezeug gekauft, Tür und Fenster dichtgemacht, im letzten Augenblick war mir eingefallen, einen sogenannten Abschiedsbrief an Sarah und an meine Mutter zu schreiben, einen gemeinsamen. Möglicherweise war dieser Brief schuld daran, daß aus Der Sache nichts geworden ist, bestimmt war es so. Er hat mich mindestens eine halbe Stunde aufgehalten. Wenn ich dreißig Minuten früher angefangen hätte, dann hätte noch so viel Nebel sein können, Frau Abraham wäre zu spät zurückgekommen. Aber ich habe

mich hingesetzt und den Brief geschrieben, als ob es nichts Wichtigeres zu tun gegeben hätte.
Ich habe geschrieben, daß sie sich keine Vorwürfe machen sollten, mein Entschluß hätte nichts mit ihnen zu tun. Im Gegenteil, wenn sie beide nicht existierten, habe ich geschrieben, dann wäre ich wohl schon viel früher dort angelangt, wo ich jetzt war. Dabei hätten sie sich sowieso keine Vorwürfe gemacht, die und Vorwürfe! Die hätten einen kleinen Stich verspürt, die hätten ein bißchen geheult, obwohl ich niemandem raten würde, den Kopf darauf zu wetten. Sie hätten sich ein paar Tage lang gewundert, wie man sich freiwillig aus einer Welt davonmachen kann, die so prächtig eingerichtet ist und auf der es so großartige Leute gibt wie sie. Den Brief habe ich in die Diele gelegt und mit einem Eierbecher beschwert, damit er, falls später die Wohnungstür aufgebrochen würde, nicht unter ein Möbelstück segelte und jahrelang unbemerkt dort lag.
Ich ging in die Küche, verklebte, wie gesagt, die Fugen an Tür und Fenster, drehte alle Hähne am Herd auf und setzte mich auf einen Stuhl. Ich war nicht aufgeregt, was mich wunderte, nur ein wenig unruhig, wie es jeder wird, der sich auf ein Warten von unbestimmter Länge einläßt. Ich hatte keine Ahnung, ob Gas schwerer oder leichter als Luft ist. Ich erinnerte mich nur, daß vor langer Zeit über genau diese Frage in der Schule gesprochen worden ist. Ich wußte daher nicht, ob es günstig war, sich auf den Boden zu legen oder den Kopf so hoch wie nur möglich zu halten. Dummerweise hatte ich nicht daran gedacht, daß die Zeit mir lang werden könnte, so hatte ich nichts zur Unterhaltung bei mir.

Nach einiger Zeit, als ich vor Langeweile schon aufgestanden war und um den Tisch herumspazierte, fragte ich mich, ob eine solche Sache am Ende nicht ganze Stunden dauert, und wenn auch nicht Stunden, so doch viel länger, als man es wünschen konnte. Rauchen durfte ich nicht, sonst immer beim Warten die größte Hilfe, diesmal war manches anders. Ich überzeugte mich davon, daß genügend Klebeband vorhanden war, um die Tür ein zweitesmal abzudichten. Dann drehte ich alle Hähne, fünf Stück, die Backröhre mitgerechnet, wieder zu. Ich konnte nicht den leisesten Gasgeruch bemerken, allerdings war ich seit Tagen erkältet.

In der Diele hob ich den Brief auf und zerriß ihn in viele Stücke, die ich im Mülleimer nach unten rührte. Sofort hatte ich das Gefühl, einen Fehler ausgebügelt zu haben, der Brief wäre ein übler Nachlaß gewesen. Ich ging in das Wohnzimmer von Frau Abraham. Eigentlich wollte ich es nicht betreten, sondern mich im Vorbeigehen nur davon überzeugen, daß die Tür verschlossen war. Doch sie war offen. Ich hätte gerührt sein sollen, weil meine Wirtin für drei Wochen verreist war und ihren Untermieter mit Vertrauen überschüttet hatte. Zuerst wußte ich nichts damit anzufangen, wozu hatte ich überhaupt die Klinke berührt? Ich unterdrückte die kleine Lust, in all ihren Winkeln herumzuschnüffeln, es war jetzt nicht die Zeit für Neugier. Ich öffnete den Bücherschrank, denn ich besitze kein Lexikon. Das ihre besteht nur aus zwei Bänden. Unter dem Stichwort *Stadtgas* fand ich alle möglichen Angaben, nur nicht die eine, die ich brauchte. Auch die Stichworte *Luft* und *Dichte* führten mich nicht zum Ziel. Im Hinausgehen nahm ich aus einer Schale, die auf dem

Tisch stand, zwei Pralinen und steckte sie auf einmal in den Mund. Sonst esse ich nie Süßigkeiten, ich halte sie aus den bekannten Gründen für gesundheitsschädlich. Auch kümmerte es mich jetzt nicht, daß die Pralinen wahrscheinlich abgezählt waren. Ich ließ sie auf der Zunge zergehen und empfand Rührung bei dem Gedanken, daß dies nun der letzte Geschmack meines Lebens sei. Man neigt in solchen Augenblicken dazu, jeder Einzelheit zuviel Bedeutung beizumessen.

Dann störte mich dieser letzte Geschmack, ich ging ins Badezimmer und putzte mir die Zähne. Jetzt kommt mir beides eigenartig vor, das Ergriffensein wie das Zähneputzen, ich sehe darin ein Zeichen, daß ich doch nicht so gelöst und so heiter war, wie ich es zu sein glaubte. Nach dem Zähneputzen hatte ich den Geschmack von Pfefferminz auf der Zunge, und um den loszuwerden, spülte ich den Mund mit Leitungswasser. So handelte ich mir den Geschmack von Chlor ein, der, das wurde mir endlich klar, nur zugunsten eines anderen Geschmacks hätte beseitigt werden können. Ich ging in mein Zimmer, und die kostbaren Minuten verstrichen. Vom Wandbord über dem Bett nahm ich mein Lieblingsbuch, zufällig heißt es *Der lange Abschied*. Ich hatte den Gedanken, auch ein Kofferradio mitzunehmen, doch ich war mir nicht sicher, wie eine Küche voll Stadtgas auf ein eingeschaltetes Radio reagiert.

Als ich wieder in der Küche war, dichtete ich von neuem die Tür ab, es ging mir leichter von der Hand als beim erstenmal. Dann stellte ich einen Stuhl auf den Tisch. Wenn ich oben sitze, sagte ich mir, ist mein Kopf auf halber Höhe zwischen Fußboden und Decke. Gas kann da

schwerer oder leichter als Luft sein, ich mache in jedem Fall nur einen halben Fehler. Ich drehte die Hähne wieder auf und kletterte hinauf, was nicht ganz einfach war, denn der Tisch ist kaum größer als der Stuhl.
Oben angekommen, schlug ich den *Langen Abschied* auf. Ich kenne das Buch fast auswendig, es ist neben dem *Goldenen Buch des Sports* und der *Kleinen Fibel Umweltschutz* das einzige, das ich mehrmals gelesen habe. Ich suchte mir meine Lieblingsstelle, wo Marlowe vom reichen Mr. Potter erklärt bekommt, wie es im Leben zugeht. Man weiß nicht, wer von beiden recht hat, es hängt immer von der eigenen Stimmung ab. Das einemal ist man froh darüber, daß Marlowe sich auf die Hinterbeine stellt, das anderemal denkt man, er brauchte bloß einverstanden zu sein, dieser Idiot, und der ganze Ärger wäre vorbei. *Er streckte mir die Hand hin. »Ich danke Ihnen, daß Sie gekommen sind. Ich halte Sie für einen recht ehrlichen Burschen. Seien Sie kein Held, junger Mann! Es zahlt sich nicht aus.«*
Ich muß zugeben, daß ich nicht allzu konzentriert beim Lesen war, inzwischen kenne ich den Grund: ich wartete darauf, daß mein bisheriges Leben an mir vorüberzöge. Ich war neugierig, welche Episoden mein Unterbewußtsein für mich aussortieren würde. Wie ich mich kenne, dachte ich, würde es sich um die unangenehmen handeln, doch ich wollte nichts vorentscheiden. Daneben las ich weiter. Mein Freund hielt mich bei der Hand, ich war stolz wie noch nie auf ihn, daß er sich von dem alten Stinker Potter nicht unterkriegen ließ. Richtig so, Junge, dachte ich, ums Verrecken nicht nachgeben, das Nachgeben ist ja ein viel schlimmeres Verrecken.

Auf einmal spürte ich Durst. Ich kletterte nicht hinunter, nicht allein wegen des mühsamen Weges, sondern auch weil dieser Durst mir unpassend vorkam. Ich wollte nicht immer neue Bedürfnisse entdecken. Also blieb ich mit meinem Buch sitzen, war nicht bei der Sache und hatte Durst.

Dann fiel ich runter. Nicht etwa, daß mir vorher schwindlig oder schlecht geworden wäre, es geschah so unerwartet, als hätte ein unsichtbarer Helfer mir den Stuhl unterm Hintern weggezogen. Etwas schlug mir auf den Kopf, es kann nur das Buch gewesen sein, für einen Stuhl war der Schlag nicht schwer genug. Doch vor allem tat mir der linke Arm weh, im ersten Moment war es zum Verrücktwerden. Ich wußte gleich, daß er gebrochen war, obwohl ich mir noch nie etwas gebrochen hatte, er ließ sich unterhalb des Ellbogens nicht mehr bewegen. Nur den Unterkiefer hatte ich mir einmal ausgerenkt. Es war ärgerlich, sich so spät noch den ersten Armbruch einzuhandeln, lieber wäre ich mit heilen Gliedern davongekommen. Nach ein paar Sekunden fand ich heraus, daß der Schmerz in einer bestimmten Stellung am schnellsten nachließ. Und wozu sollte ich mich jetzt noch rühren, alle Bewegungen waren getan. Ich rollte nur mit den Augen, sah zum Herd hin und wartete auf die Ruhe. Draußen fuhr ein Feuerwehrauto vorbei, wie wenig mich das jetzt noch anging. Ich roch immer noch nichts und wußte daher nicht, ob ich günstig lag hier unten, oder ob ich besser zur Decke gefallen wäre.

1

In diesem gottverdammten Augenblick höre ich, wie ein Schlüssel ins Schloß der Wohnungstür gesteckt wird. Vor Wut bricht mir der Schweiß aus, es gibt Millionen Türen zum Schlüsselreinstecken, und wen erwischt es? Ich versuche, Die Sache mit ein paar tiefen Atemzügen glücklich zu Ende zu bringen, doch es ist aussichtslos. Ich fühle mich munter wie nach einer kalten Dusche. Dabei ist es erst Sekunden her, seit die goldene Fee ihre Hand nach mir ausgestreckt hat, um mich lautlos und wunderbar davonzuführen. Ich versuche aufzustehen, breche die Aktion aber sofort wieder ab, weil mein linker Arm den Fußboden unbedingt als Unterlage braucht. Zum erstenmal vernehme ich das Geräusch des ausströmenden Gases, und ein paar Augenblicke später rieche ich es auch; ich wundere mich, wie es möglich ist, einen so starken Geruch und ein so lautes Geräusch nicht wahrzunehmen. Als die Wohnungstür geöffnet wird, hole ich Luft für einen Schrei, zur Warnung für meine Wirtin oder aus Verzweiflung. Doch ich unterdrücke ihn, ich zerstoße ihn zu kleinen Jammerlauten, die bis nach draußen nicht zu hören sind.

Im Nu ist mir das unglaublich Rücksichtslose an meinem Verhalten bewußt, ich habe nur an mich gedacht. Ich schließe die Augen, um das Folgende nicht sehen und es somit weniger deutlich erleben zu müssen. Es nützt nicht viel. Ich höre, wie sie die Wohnungstür zumacht, dann ein paar Schritte geht, dann ruft: »Herr Kilian?«

Warum hält sie die Wohnung nicht für leer, bin ich nicht jeden Tag um diese Zeit bei meiner Arbeit? Riecht sie es schon? Ich antworte nicht, ach, welch ein Durcheinander, und Frau Abraham ist eine so ordnungsliebende Person. Als ich bei ihr einzog, hat sie gesagt, ihre einzige Forderung an mich sei es, ihr Unannehmlichkeiten zu ersparen. Die Bedingung schien mir leicht erfüllbar, und nun das. Sie brauchte nur in ihr Zimmer zu gehen und sich für wenige Minuten dort zu beschäftigen, dann könnte alles noch gut werden. Aber sie tut es nicht.
Sie öffnet die Küchentür, reißt dabei das Klebeband ab, mein letztes, tritt ein und stößt den Schrei aus, den ich schon seit Sekunden im Ohr habe. Sie ruft »Um Himmels willen!«, »Mein Gott!« und »Herr Kilian!« durch eine Hand hindurch, die sie vor den Mund preßt. Dann reißt sie das Fenster auf, und alles ist verloren. Als sie neben meinem Ohr stehenbleibt, öffne ich doch lieber die Augen, ich habe Angst, sie könnte mir aufhelfen wollen. Ihr Gesicht ist unterwegs zu meinem, kurzsichtig ist sie auch. Es bleibt über mir stehen und sieht erschüttert aus.
Sie betrachtet mich lange und stumm, bis ich die Geduld verliere und frage: »Wollten Sie nicht drei Wochen fortbleiben?«
Meine Stimme klingt überraschend schwach, auch undeutlich, als gäbe es tief im Hals ein Hindernis, an dem sie nur schwer vorbeikommt. Folgerichtig fragt meine Wirtin: »Was haben Sie gesagt?«
Ich wiederhole die Frage mit doppelter Kraft, aber sie antwortet nicht. Sie schüttelt den Kopf, wie vor Verlegenheit, im Angesicht der Katastrophe über so unwichti-

ges Zeug zu sprechen, vielleicht im Angesicht des Todes. Sie soll die Tränen festhalten, sie ist eine hübsche alte Frau. Es gibt nichts zu tun, ich langweile mich schon wieder.

»Lieber, guter Herr Kilian«, sagt sie weinerlich, so hat sie mich noch nie genannt, »was für ein schrecklicher Unsinn ist Ihnen da eingefallen?«

Ich zeige mit der gesunden Hand zum Herd und sage: »Am besten, Sie drehen zuerst das Gas ab.«

Sie stürzt zum Herd, dreht alle Hähne zu, läuft dann zum Fenster und beugt sich hinaus. Ich zittere vor Angst, sie könnte um Hilfe rufen und die halbe Straße in Die Sache hineinziehen, doch sie schnappt nur nach frischer Luft. Als sie genug davon hat, nimmt sie ein Geschirrtuch aus dem Schrank, macht es naß und hält es sich vor den Mund. Mit ihrer freien Hand hebt sie den Stuhl auf, dann steht sie wieder neben mir und fragt: »Was soll ich denn jetzt tun?«

»Nichts sollen Sie tun«, sage ich und merke, daß in meinem Kopf ein wildes Sausen anfängt. Es kann mich nur deshalb nicht umwerfen, weil ich schon liege. »Am besten, Sie setzen sich hin und leisten mir Gesellschaft.«

Es rührt mich zu sehen, wie sehr mein Rat sie erleichtert. Sie rückt tatsächlich den Stuhl heran und setzt sich, ich kann sie gut leiden. Kaum tut jemand, was ich von ihm verlange, schon kann ich ihn gut leiden. Ich sehe, daß ihre Hand, die das Tuch hält, zittert. Vielleicht hat sie sich vor Erschöpfung hingesetzt. Es ist gar nicht so schlecht mit uns, wir wollen beide nur Ruhe, die Augen fallen mir zu, weil wir ein wenig schweigen. Als sie mir

mit dem feuchten Tuch übers Gesicht wischt, muß ich natürlich wieder wach sein.
»Lassen Sie nur, es geht schon.«
»Können Sie denn nicht aufstehen?«
»Die Sache ist die, Frau Abraham, ich habe mir den Arm gebrochen. Sobald ich mich bewege, tut der weh.«
»Um Gottes willen«, sagt sie wieder, beugt sich über mich und befühlt meinen gesunden Arm. Sie kann die Bruchstelle nicht finden und drückt vor Ungeduld immer fester. Bis ich sage: »Es ist der andere. Aber fassen Sie ihn nicht an.«
»Ich werde sofort einen Arzt rufen«, sagt sie.
Ich bitte sie, es nicht zu tun, noch nicht, ich sage, es habe keine Eile mit dem Arzt. Er könne mir in zwei Stunden genausogut helfen wie jetzt, ich fühlte mich pudelwohl und hätte keinen anderen Wunsch, als noch ein bißchen so bequem zu liegen. Sie verläßt die Küche, doch nicht wie jemand, der keine Widerrede duldet. Sie kommt zurück mit einem Kissen, das sie mir zärtlich unter den Kopf schiebt.
Ich bringe meine drei heilen Gliedmaßen in eine gemütliche Stellung. Ein Kaffee wäre jetzt das Glück, doch käme es mir überspannt vor, sie darum zu bitten. Ich verlange nach einem Glas Wasser. Sie blüht auf, seit ich auf sie angewiesen bin, jeder Wunsch von mir macht sie um Jahre jünger.
Nachdem sie mir das Wasser eingeflößt hat, wobei ihr Mund bei jedem meiner Schlucke wie ein Fischmaul auf und zu geht, sage ich: »Erzählen Sie endlich, warum Sie so früh zurückgekommen sind. Sie werden doch nichts vergessen haben?«

»Der Flug ist wegen des Nebels abgesagt worden.«
Sonst findet sie nie ein Ende und macht aus jeder Kleinigkeit ellenlange Geschichten. Ich versuche, sie weiter bei Laune zu halten, indem ich Fragen stelle, die leicht zu beantworten sind. Ob sie denn nicht am Flughafen hätte warten können? Die Gesellschaft habe es so gewollt, sagt sie. Es handele sich um einen langen Nebel, und allen Passagieren würde rechtzeitig Bescheid gegeben. Ich denke, einmal ist es der Nebel, beim nächstenmal etwas anderes.
Aus heiterem Himmel steht sie auf, sagt: »Ich lasse mir nichts von Ihnen vorschreiben« und verläßt die Küche.
»Was haben Sie vor?«
»Nachher passiert etwas, nur weil ich nachgegeben habe. Nein, nein.«
Ich höre sie in der Diele den Hörer vom Telephon nehmen und gleich danach wieder auflegen. Zu früh hoffe ich auf einen Sinneswandel. Sie kommt mit dem Telephonbuch zurück und sagt ärgerlich, ihre Brille sei in der Reisetasche, und die stehe beim übrigen Gepäck am Flughafen. Sie hält mir den Wälzer vor die Augen und bittet mich, die Nummer des Notrufs vorzulesen. Ich bringe es nicht über mich, sie mit einer falschen Nummer, die ohnehin nur einen kurzen Aufschub bedeuten würde, anzuführen. Ich sage, ohne in das Buch zu sehen: »Eins, eins, null.«
Sie ruft an und sagt, sie habe einen Fall von Gasvergiftung im Haus. Man vermittelt sie weiter. Nach wenigen Sekunden wiederholt sie ihre Mitteilung, schaut dann, den Hörer immer noch am Ohr, zur Küchentür herein, betrachtet mich kurz und sagt: »Das glaube ich

nicht.« Am Ende des Gesprächs ruft sie, wie einen wichtigen Nachtrag: »Einen Arm hat er sich auch gebrochen.«
Die Geräusche im Kopf verwandeln sich in Übelkeit, ich muß mein Bestes geben, um den Orkan in meinen Eingeweiden unter Kontrolle zu halten. Frau Abraham findet mich keuchend und würgend, betupft mich wieder mit dem nassen Tuch und vergeht vor Mitleid. Sie kniet nun neben mir, ich kann die Tränen in ihren Augenwinkeln sehen. Ich nehme mir vor, ihr in den nächsten Tagen eine Freude zu bereiten. Die nächsten Tage, denke ich, Himmelherrgott, nach den nächsten Tagen kommen die übernächsten. Schritt für Schritt bringt sich die Scheißmenschheit um, nach dem schlausten System, das je ersonnen wurde, doch wenn einer Die Sache für sich selbst erledigen möchte, auf eigene Rechnung sozusagen und vorneweg, dann werden ihm die größten Steine in den Weg gelegt.
»Sie armer, armer Junge«, sagt Frau Abraham und klopft meine Hand, zum Glück die richtige.
Als das Würgen aufhört, versuche ich zu lächeln. Ich sage, sie solle sich keine Sorgen machen, bis zur Hochzeit sei alles wieder gut, und ich bedaure sie gehörig wegen des verschobenen Fluges. Da fängt sie an zu weinen, jetzt muß ich ihr die Hand klopfen, wir zwei sind vielleicht ein Paar. Ich sage »na, na« und stelle mir vor, wie peinlich es gewesen wäre, im Wohnzimmer beim Pralinenstehlen erwischt zu werden. Ich erzähle ihr eine Geschichte zur Aufheiterung: Wie meine Schwester einmal in ein Flugzeug gestiegen und eingeschlafen ist, kaum daß sie sich angeschnallt hatte. Und wie das Flugzeug gar

nicht startete, denn es war genauso neblig wie heute. Nach einer halben Stunde wurden die Passagiere aufgefordert, die Maschine wieder zu verlassen. Und wie eine Stewardeß meine Schwester, die von alledem nichts gehört hatte, weckte, und wie sie ausstieg und dachte, sie sei in Budapest. Sie stand in der Halle und wartete darauf, abgeholt zu werden, die Hallen sehen überall gleich aus. Doch es kam natürlich niemand. Sie guckte ungeduldig nach draußen und sah den dicken Nebel, da dachte sie, daß die Person, die sie abholen sollte, im Nebel steckengeblieben sei. Sie ging zur Information, hinterließ in englischer Sprache eine Nachricht – sie spricht kein Wort ungarisch –, dann setzte sie sich in den Warteraum und schlief, da sie immer noch müde war, wieder ein. Als sie zum zweitenmal aufwachte, aber da unterbricht mich Frau Abraham mit den Worten: »Reden Sie nicht solch einen Unsinn. Sie haben überhaupt keine Schwester.«
»Stimmt. Aber die Geschichte ist trotzdem wahr.«
Sie läßt mich los, denn sie braucht beide Hände, um sich mit ihrem Handtuch die Augen zu trocknen.
Auf die Stille in meinem Innern ist kein Verlaß. Ich spüre, daß Übelkeit, Schmerzen und Schwindelgefühl nur ein wenig ausruhen, obgleich man damit rechnen muß, daß ich Die Sache überlebt habe. Im Moment kann ich nicht entscheiden, ob ich mich damit abfinden oder, bei besserer Gelegenheit, einen zweiten Anlauf nehmen werde. Für beide Möglichkeiten spricht vieles, das weiß ich nicht erst seit heute. Sollte ich mich später fürs Weiterleben entscheiden, dann werde ich lernen müssen, verzweifelt zu sein, ohne Angst zu haben. Das ist leichter

gesagt als getan, doch unmöglich kommt es mir nicht vor, in dieser Sekunde. Oft esse ich ja auch ohne Hunger, ich lege mich mit Frauen hin, ohne sie zu lieben, ich wähle Politiker, ohne sie zu achten, warum sollte ausgerechnet diese eine Aufgabe zu schwer für mich sein? Allerdings weiß ich auch, daß ich sie noch vor einer Stunde für unlösbar hielt.
Frau Abraham nimmt sich wieder meine Hand und fragt, als hätten wir lange genug am Thema vorbeigeredet: warum um alles in der Welt ich mir etwas so Schreckliches antun wollte. Ach, ich schäme mich, bisher bin ich wie ein Verunglückter behandelt worden, wie ein unverschuldet in Not Geratener. Ich habe gehofft, es würde dabei bleiben, zumindest vorläufig. Jetzt werden Erklärungen verlangt, die nur für mich einleuchtend sind. Sie sagt: »Sind noch so jung, haben das ganze Leben vor sich, und dann so etwas!«
Da schlägt meine Stimmung um. So wie ihre Fürsorge, das Halten und Beklopfen mir gutgetan haben, so geht mir dieses Allerweltsmitleid auf die Nerven. Wozu soll ich ihr erzählen, daß rund um die Erde eine Verschwörung gegen mich im Gange ist? Daß auf sämtlichen Kontinenten, in allen Ländern und beinahe in jeder Stadt zahllose Entscheidungen nur deshalb getroffen werden, um mich, Kilian, zu demütigen, zu verängstigen und am Ende umzubringen? Frau Abraham würde es nicht verstehen, nicht einmal glauben. Weder könnte ich Angaben machen, bei welcher Gelegenheit die Verschwörung beschlossen wurde, noch befindet sich das Geständnis eines der Beteiligten in meinen Händen. Auch habe ich keine Ahnung, wo und wann und wodurch ich mich so unbe-

liebt gemacht habe, daß die Gegenseite eine solch wahnsinnige Vergeltung für angemessen hält. Wozu sollte ich meine Wirtin verwirren? Erstens ist es mir egal, ob sie mich versteht oder nicht, zweitens hat sie es mit ihren siebzig oder achtzig Jahren fast schon überstanden. Kein Blick in die Zukunft würde ihr Angst einjagen. Also sage ich: »Wollen Sie nicht lieber hören, wie die Geschichte mit meiner Schwester in Budapest weitergeht?«

Zum zweitenmal läßt sie meine Hand los und sieht streng auf mich herab. Ich verweigere ihr ein Vertrauen, das sie doppelt und dreifach verdient hat, und es kostet sie viel Überwindung, mein fehlendes Zartgefühl für diesmal hinzunehmen. »Hören Sie mit dieser Schwester auf. Sie brauchen nicht mit mir zu sprechen, wenn Sie nicht wollen. Ich dachte nur, es wäre gut für Sie, das Herz auszuschütten. Man tut es viel zu selten.«

»In meinem Kopf dreht sich alles«, sage ich. »Frau Abraham, ich kann mich überhaupt nicht konzentrieren.«

Sie versteht und nickt, dann überkommt sie ein fürchterlicher Verdacht. Stockend, wie in Furcht vor meiner Antwort, fragt sie: »Habe ich etwa mit diesem... Habe ich etwa damit zu tun?«

»Machen Sie keine Witze«, sage ich und gebe mir Mühe, belustigt zu klingen, »Sie haben damit soviel zu tun wie mit dem Untergang der Titanic.«

Sie ist schon gefaßter, als sie sagt: »Oft weiß man ja nicht, womit man anderen das Leben schwermacht. Wenn ich Sie gestört oder verletzt haben sollte, ohne Absicht natürlich, müssen Sie es mir sagen.«

»Der Rettungsdienst braucht aber lange. Nicht, daß

ich ungeduldig wäre. Aber es könnte doch etwas Ernstes sein.«
»Sie brauchen wirklich lange.«
Wahrscheinlich würde sie gern verschwinden, kann aber einen wie mich schlecht allein lassen, auch wenn er verstockt ist. Sie hebt mein Buch vom Boden auf und legt es auf den Tisch. Wenn sie ihre Brille zur Hand hätte, würde ich sie bitten, mir ein bißchen vorzulesen. Zum Beispiel die Stelle, wo Marlowe die Umgebung von Los Angeles nach einem Arzt mit dem Anfangsbuchstaben V absucht, weil der etwas über den Verbleib des Schriftstellers Wade wissen könnte. Sie geht ein paar Schritte davon, und ich bin zu müde, den Kopf nach ihr zu drehen. Ich höre sie den Kühlschrank öffnen.
»Möchten Sie etwas essen?«
»Höchstens eine von den Pralinen auf Ihrem Wohnzimmertisch.«
Ich will sie nicht provozieren, schön, ich hätte das nicht sagen müssen; sie hat mir eine Frage gestellt, ich habe wahrheitsgemäß geantwortet. Sie sagt kein Wort und geht. Sekunden später wird an der Tür geklingelt. Frau Abraham öffnet, und ich versäume es, die letzten Augenblicke der Ruhe zu genießen. Gleich geht es weiter, denke ich, gleich sind sie da, gleich ist die Hölle los. Ich höre sie sagen: »Es ist da drin.«
Drei Männer kommen zu mir, zwei Pfleger, die wie Ärzte aussehen, und ein winziger, rothaariger Arzt. Er beugt sich über mich, zieht mit Daumen und Zeigefinger einer Hand meine unteren Lider nach unten, beide gleichzeitig, und sieht mir stundenlang in die Augen. Ich habe den Eindruck, daß er nicht bei der Sache ist oder

sich über etwas ärgert. Er trägt eine Nickelbrille, deren Gläser voller Flecken sind. Ich würde ihm gern zulächeln, aber die unteren Augenlider sind fürs Lächeln unerläßlich. Endlich fragt er: »Können Sie aufstehen?«
Ich bin so in Gedanken, daß ich nicht auf die Gefahr achte, die mir von den Pflegern droht. Kaum hat sich der Arzt aufgerichtet, packen sie mich, jeder an einem Arm, um mich auf die Beine zu stellen. Das letzte Geräusch, an das ich mich erinnnere, ist mein schriller Schrei, denn zum Glück falle ich, den Pflegern aus der Hand, in Ohnmacht.

2

Als ich aufwache, liege ich in einem Bett, etwas stört mich. Noch habe ich keine Lust, die Augen zu öffnen, es wird sich früh genug nicht vermeiden lassen. Ich stelle mir vor, daß jemand, sobald ich die Augen aufklappe, losplärrt: Er ist zu sich gekommen! Allerdings höre ich kein Geräusch, sie sind leise wie Mäuse, aber ihnen entgeht nichts.
Ich lasse, so gut es geht, das Bewußtsein durch den Körper ziehen; es stößt auf meinen linken Arm, der eingegipst und ohne Gefühl neben mir liegt. Mit der rechten Hand fahre ich mir übers Gesicht, ungeachtet der Inkonsequenz, die in solcher Bewegung steckt: dann hätte ich auch die Augen öffnen können. Im Gesicht finde ich das Ding, das mich behindert, löse ein Gummiband und kann wieder atmen. Aus großer Entfernung höre ich eine Stimme, durch Türen oder Wände hindurch. Woraus bin ich aufgewacht, aus Narkose, Ohnmacht, Schlaf? Die Zeit klebt fest und kommt kaum von der Stelle, die Stimme draußen klingt wie von einer Platte, die sich zu langsam dreht. Das Denken fällt mir so schwer, daß ich bezweifle, die Ohnmacht, oder was es ist, schon hinter mir zu haben. Ich fühle an mir herum, sie haben mich ausgezogen und in ein Nachthemd gesteckt, dessen linker Ärmel für den Gips abgetrennt ist. Alle Informationen, die mir meine tastende Hand übermittelt, sind dünn und seltsam nichtssagend. Gut, daß nichts davon abhängt.

Ich öffne die Augen und sehe über mir eine Lampe, die wie auf Gummi gemalt und in die Breite gezogen ist. Nach Der Sache wäre es seltsam, sich von solch kleiner Funktionsstörung beunruhigen zu lassen. Ich denke aber auch: wenn ich schon leben muß, dann will ich auch richtig tasten und richtig gucken können. Ich mache so lange die Augen auf und zu, bis eine gewöhnliche weiße Kugellampe an der Decke hängt. Wo bleibt die Erleichterung?
Es gibt nicht viel zu sehen, die wichtigste Beobachtung ist, daß sich niemand außer mir im Zimmer befindet. Auf dem Nachttisch liegt meine Armbanduhr, deren Zustand nicht besser ist als mein eigener: sie zeigt halb zwölf an, das Glas ist zertrümmert, sie steht. Um halb zwölf also endete mein Sturz vom Küchentisch. Gleich wird die Tür aufgehen, und die ganze Geschichte fängt von vorne an.
Wenn sie mir Fragen stellen, dann erzähle ich, was sie hören möchten, doch wie kommt man so schnell dahinter? *Warum wolltest du dich umbringen?* Ich habe den Kopf verloren, tut mir leid. *Du meinst, du warst verwirrt? Dafür bringt man sich doch nicht gleich um!* Ich war nicht einfach verwirrt, ich war verzweifelt, es gibt solche Momente, ihr müßt sie kennen. Plötzlich hat nichts mehr einen Sinn. *Aber warum? Man ist nicht einfach verzweifelt, Verzweiflung ohne handfesten Grund gibt es nicht!* Was bedeutet schon handfest, Leute, es war ein Augenblick, da kam es mir lästig vor weiterzuleben. Die viele Mühe, der viele Ärger, das viele Warten. Jetzt bin ich ja froh, daß es nicht geklappt hat, ich bin euch ja dankbar für die Rettung. Ich zittere jetzt noch bei dem Gedanken,

ich hätte unbemerkt bis zum Tod dagelegen. *Meinst du das ehrlich?* Aber ja, ich bin für alle Zeiten geheilt, das könnt ihr glauben. *Und wer garantiert uns, daß du es nicht morgen wieder versuchst?* Ich garantiere es euch, ich garantiere es mit meinem Leben.

Als die Türklinke niedergedrückt wird, schließe ich sofort die Augen und halte still wie ein Toter, habe aber keinen Erfolg. Mich verrät, daß die Sauerstoffmaske nicht mehr auf meinem Gesicht liegt. Frauenschritte kommen näher und halten an. Ich wünschte, daß eine angenehme Person bei mir wäre, wozu? Jemand ruft mich dreimal beim Namen, von Mal zu Mal ungeduldiger. Ich gebe auf, sehe die Schwester an und versuche zu spielen, ich käme gerade zu mir. Doch sie wendet sich von mir ab, sie hat Wichtigeres zu tun, als meine Albernheiten mit anzusehen. Sie hebt die Maske vom Boden auf, dreht den Hahn an einer Sauerstoffflasche zu, dann geht sie ohne ein Wort hinaus. Gibt es eine Anweisung, nicht mit mir zu sprechen? Mir ist das recht, auch wenn ich längere Ruhe nicht erwarte. Warum sollte ausgerechnet in Krankenhäusern die Regel nicht gelten, wonach sie nur den allein lassen, der es vor Einsamkeit nicht mehr aushält? Sie hätte wenigstens fragen können, wie ich mich fühle, ich habe ihr zuliebe die Augen aufgemacht. Ich bin wohl kein Routinefall.

Die Zeit zieht wieder an auf sechzig pro Minute. Bald kommt ein Arzt ins Zimmer, ein dicker alter Kerl mit kahlem Kopf. Neben dem Bett bleibt er stehen, hält die Hände in den Kitteltaschen und sieht auf mich herab wie auf ein Stück Dreck. Die Schwester, die wie eine Dienerin die Tür für ihn auf- und zugemacht hat, stellt sich hin-

ter ihn und schlägt einen Notizblock auf, damit keines seiner Worte verlorengeht. Oder keines meiner Worte? Ich nehme mir vor, höflich zu bleiben, sehe aber, daß die Chancen nicht günstig stehen. Mein Freund Marlowe fällt mir ein, der es oft mit ähnlichen Schwierigkeiten zu tun hatte; wenn einer dieser riesigen Polizeioffiziere ihn beim Verhör reinlegen wollte.
»Sie heißen Kilian?«
»Ja.«
»Wann sind Sie aufgewacht?«
»Meine Uhr ist kaputt.«
Ich nehme die Armbanduhr vom Nachttisch und halte sie ihm entgegen. Doch er will das Beweisstück nicht sehen.
»Haben Sie so etwas früher schon mal gemacht?«
»Was?«
»Einen Selbstmordversuch.«
Da haben wir es. Ich wünschte, mit zwei gesunden Händen und in Hosen vor ihm zu stehen. Im Zimmer ist kein Schrank, in dem ich meine Hosen vermuten könnte.
»Wollen Sie mich noch lange warten lassen?«
»Ich möchte dazu nichts sagen.«
»Warum nicht?«
»Fragen Sie mich lieber etwas Medizinisches. Das ist doch hier ein Krankenhaus?«
»Überlassen Sie gefälligst mir, was ich frage. Also?«
»Hier hat sich wohl die Ansicht durchgesetzt, daß man Selbstmordkandidaten hart anfassen muß?« Die Schwester frage ich: »Oder ist er zu allen Patienten so grob?«
Bis zu diesem Moment hielt ich es für möglich, daß seine

Unfreundlichkeit einstudiert sein könnte, um unsereinem leichter beizukommen. Nun stellt sich heraus, daß er von Natur aus ein mieser Kerl ist. Er läuft rot an, in den Kitteltaschen trommeln die Finger, sein Gesicht fällt ihm vor Wut auseinander. Wenn er noch ein paar Minuten hierbliebe, könnte ich ihn zur Weißglut reizen.
»Die Station ist voll von Patienten, die ohne eigenes Verschulden krank sind. Ich habe reichlich zu tun, Herr, und möchte nicht mit dummen Redensarten hingehalten werden. Ihr wievielter Versuch war das?«
»Der erste.«
Warum antworte ich? Welch eine Schande, ich liege da und bin eingeschüchtert wie ein Kind am ersten Schultag.
»Hat sich in Ihrer Familie schon einmal jemand umgebracht?«
»Meine Mutter.«
»Wie alt waren Sie da?«
»Drei Jahre.«
»Wer hat Sie aufgezogen?«
Bevor ich antworten kann, daß mich das Schicksal in ein Waisenhaus verschlagen hat, sagt die Schwester: »Ihre Mutter sitzt draußen auf der Bank und wartet.«
»Woher soll ich das wissen?«
Der Arzt sagt: »Wenn es nach mir ginge, lieber Herr...«
Ich falle ihm mit der naheliegenden Frechheit ins Wort, daß es zum Glück nicht nach ihm gehe; die feige Antwort quält mich noch. Sekundenlang sieht er mich mit häßlichen Augen an, dann befiehlt er der Schwester hinauszugehen. In was für ein Krankenhaus bin ich geraten? Es scheint mir sonnenklar zu sein, daß er sie aus dem Zim-

mer schickt, um keine Zeugen für das Folgende zu haben. Und offenbar glaubt er, daß ihm nichts passieren kann, wenn später Aussage gegen Aussage steht. Mir kommt das menschlich und verständlich vor, wenn es mich auch nicht für ihn einnimmt. Seit meiner Schulzeit bin ich nicht geschlagen worden.

Die Schwester, die aufs Wort pariert, dreht sich in der Tür noch einmal um und macht ein besorgtes Gesicht. Ich verstehe sie. Endlich nimmt er eine Hand aus der Tasche und winkt ab, so als brauche er keine Ratschläge von ihr. Er sagt: »Gehen Sie, gehen Sie«, da zieht sie ab, und ich sehe den üblen Hauptkommissar Gregorius vor mir, der eine volle Kaffeetasse nach Marlowe wirft, ohne ihn zu treffen.

»Ich habe schon mitgekriegt«, sage ich, »daß Sie mit Selbstmördern wenig im Sinn haben. Nicht daß ich Ihnen das ausreden möchte, aber wir sind doch hoffentlich nicht in einem Krankenhaus mit Prügelstrafe?«

In der folgenden Pause stelle ich mir vor, eine wie schöne Wendung es wäre, wenn er sich nun von der freundlichen Seite zeigte. Wenn er sich etwa zu mir setzte, die Hand auf meine Schulter legte und sagte: *Menschenskind, wie kann ein kerngesunder und so gescheiter Kerl wie Sie den Gashahn aufdrehen?* Auch dann würde ich nicht antworten, aber es wäre gut. Und was tut er? Er tritt in böser Absicht an mein Bett, endlich kann ich das Schildchen auf seiner Brust lesen, Dr. Hofbauer.

Schnell und heftig setzt er sich aufs Bett. Er erinnert mich an einen ekelhaften Burschen auf unserem Schulhof, der kleinen Schülern Angst einzujagen versuchte, indem er blitzschnell die Hand hob und sich dann langsam übers

Haar strich. Er riecht nach Salmiakpastillen, sein linkes Auge zuckt, ich habe es mit einem Nervenbündel zu tun. Wann fängt er an, das zu tun, wofür er die Schwester aus dem Zimmer geschickt hat?
»Ich finde es sympathisch von Ihnen«, sage ich in versöhnlichem Ton, »daß Sie sich noch so aufregen können. Den meisten Ärzten geht ja nichts mehr an die Nieren, die sind kalt wie Hundenasen. Die behandeln ihre Kranken wie Apparate, an denen irgendwelche Teile kaputt sind. Das hört man überall.«
Gregorius schweigt noch immer, hört aber auf, so wütend auszusehen. Er zieht die Augenbrauen hoch, als warte er mit skeptischem Interesse auf die Fortsetzung meiner kleinen Rede. Ich weiß, was ich zu tun habe, ich drehe mich mit einem Ruck auf die Seite und kehre ihm den Rücken zu. Nur gerät die Demonstration zu heftig, ein wilder Schmerz schießt durch meinen Arm. Ich muß alle Kraft aufbieten, um nicht zu stöhnen.
»Wenn es nach mir ginge, würde ich alle Selbstmörder aus den Krankenhäusern jagen. Leider gibt es in dieser Frage kuriose gesetzliche Vorschriften, und wir Ärzte kämen in Teufels Küche, wenn wir die nicht beachteten. Also muß ich Sie behandeln, gegen meinen Willen, und wohl auch gegen Ihren. So ist die Situation. Selbstmörder sind eine äußerst lästige Gruppe von Patienten, da bilden Sie keine Ausnahme. Sie machen den Arzt dafür verantwortlich, daß sie ins Leben zurückmüssen, in ihr verpfuschtes. Daher geben sie sich Mühe, impertinent zu sein und den Betrieb zu behindern. Auch in diesem Punkt sind Sie guter Durchschnitt.«
Ich drehe mich wieder zu ihm herum.

»Erzählen Sie das jedem?«
Als hätte er meine Frage nicht gehört, fährt er fort: »Anders sieht die Sache aus, wenn die Damen und Herren Selbstmörder um Hilfe bitten. Wenn man zumindest merkt, daß ihnen Hilfe willkommen ist. Dann sind sie für mich Patienten wie alle anderen. Aber Sie, lieber Herr, zerbrechen sich doch nur den Kopf, wie Sie es beim nächstenmal klüger anstellen können. Ihre Renitenz ist der beste Beweis. Und dafür muß ich Sie gesundpflegen. Bei Patienten wie Ihnen kommt man sich wie ein Arbeiter vor, der eine Maschine nur reparieren muß, damit sie anschließend verschrottet werden kann.«
»Denkt das ganze Personal hier so?«
»Horchen Sie doch ein bißchen herum.«
Er steht auf, und ich frage: »Fühlen Sie sich jetzt erleichtert?«
»Nicht allzusehr.«
Wir betrachten uns ein wenig, vielleicht läßt sich auf die Schnelle ein ungeschützter Punkt entdecken. Er nimmt eine einzelne Zigarette aus der Kitteltasche, steckt sie in den Mund und hält sie zwischen den Zähnen fest. Ich sage: »Sie wollen doch nicht hier im Zimmer rauchen?«
Da lächelt er. Was gibt es da zu lächeln, wer war hier freundlich, wer hat hier einen Witz gemacht? Keins seiner Worte hat mich so geärgert wie dieses weiße Lächeln. Er geht zur Tür, bleibt stehen und dreht sich zu mir um: ob ich auch eine Zigarette möchte. Ich antworte natürlich, daß mir nichts im Moment so zuwider sei wie eine Zigarette. Ich vergehe bei dem Gedanken an einen Zug, woher weiß er, wie gern ich rauchen würde? Ich sage, ich

hätte es mir anders überlegt, er dürfe ruhig hier im Zimmer rauchen, wenn er möchte. Doch weiß ich nicht, ob er mich im Hinausgehen gehört hat.

Gleich also wird meine Mutter kommen. Es gefällt mir nicht, wie aufgeregt ich bin, ich liege da und zittere vor Wut. Ich zittere so sehr, daß ich die Vibration in meinem eingegipsten Arm spüre. Wie können mich ein paar feindselige Sätze, an denen ich auch noch Anteil habe, so aus der Fassung bringen? Wie kann jemand, der Pläne wie ich hat, der mit einem Bein schon über den Zaun gewesen ist, noch aufgeregt sein, egal worüber? Ich weiß, was los ist: ich habe für einen Augenblick geglaubt, er würde mich schlagen. Nun kommt es mir absurd vor, doch er hat mir Angst eingejagt. Seine Ansichten stören mich nicht, später werde ich sie vielleicht verstehen. Aber diese sekundenlange Angst. Was kann ich ihm antun, wenn er zurückkommt? Worte sind nicht das Richtige. Ich erinnere mich, wie mein Bruder einmal angespuckt worden ist, bei einer Prügelei in unserer Schule; und wie er sich endlos gewaschen und eine halbe Flasche Kölnischwasser im Gesicht verrieben und mir nachts von seiner Angst erzählt hat, nie wieder richtig sauber zu werden. Will ich ihn anspucken, bin ich verrückt, aber warum hat er mich so schmählich behandelt? Diese verfluchte Zigarette, ich hätte sie nehmen sollen. Mir kommt ein böser Verdacht: daß er kein Choleriker ist, sondern ein eiskalter Hund. Daß er genau das erreicht hat, was er erreichen wollte. Ist er nicht in dem Augenblick, da ich außer mir war, ein anderer Mensch geworden? Hat er nicht im Handumdrehen alle Grobheit und Frechheit aufgegeben? Eben wie ein Spieler, dem sein

Einsatz den erhofften Gewinn gebracht hat und der nicht länger spielen muß?
Die Tür geht auf, und ich schließe wieder die Augen in der Hoffnung, bei meiner Mutter könnte mir die Täuschung gelingen. Doch es ist die Schwester, die fragt: »Alles in Ordnung bei Ihnen?«
»Was sollte nicht in Ordnung sein?«
Ich will versuchen, sie auszuhorchen, sie sieht aus wie jemand, der auf Freundlichkeit anspringt. Und schien es nicht vorhin, als hätte sie gegen die grobe Art des Arztes Bedenken? Sie hält mir zwei Tabletten hin, die ich ohne Murren schlucke, obwohl mir nicht in den Kopf will, wie Pillen bei Armbrüchen helfen könnten. Sie sagt mir, was ein Patient über das Krankenhausleben wissen muß, es hört sich wie die Vorbereitung auf einen längeren Aufenthalt an. Ich frage, welchen Namen meine Krankheit habe, sie antwortet: »Gasvergiftung.«
Um das Gespräch in Schwung zu halten und um zu zeigen, wie gut sich mit mir plaudern läßt, erkundige ich mich nach immer mehr Details der Hausordnung. Sie gibt ohne Eile Auskunft, sie ist jetzt eine sanfte Frau. Ein Punkt der Hausordnung ist besonders unangenehm: ich befinde mich in einem Krankenhaus, in dem man täglich besucht werden darf. Und ich erfahre, daß ich nicht deshalb in einem Einzelzimmer liege, weil das bei Fällen wie dem meinigen üblich wäre, sondern weil meine Mutter darauf bestanden und dafür bezahlt hat. Schließlich fällt mir nichts Überflüssiges mehr zu fragen ein.
»Weiß eigentlich der Chef, wie Ihr Herr Doktor mit den Patienten umspringt?«

»Doktor Hofbauer ist unser Chefarzt«, sagt sie irritiert, »aber wovon sprechen Sie?«
»Haben Sie nicht erlebt, wie der mich runtergemacht hat?«
»Er mußte einiges von Ihnen erfahren. Sie haben nicht bereitwillig genug geantwortet. Das hat ihn vermutlich gereizt.«
»Wer antwortet auf solche Fragen? Die haben geklungen, als hätte ich einen Menschen umgebracht.«
»Haben Sie das denn nicht versucht?«
»Ach, so sieht man das hier? Das heißt, ich bin in euren Augen ein Mörder?«
»Sie dürfen nicht so empfindlich sein. In einem Krankenhaus geht es nicht immer nach Lehrbuch zu.«
»Was glauben Sie wohl, warum er Sie aus dem Zimmer geschickt hat?«
»Er wollte mit Ihnen unter vier Augen sprechen. Vielleicht wollte er Sie etwas fragen, wovon er glaubte, Sie würden es lieber ihm allein beantworten? Es gibt ja solche Fragen.«
Wo hatte ich bisher meine Augen, erst jetzt bemerke ich, daß sie eine Nonne ist. Diese Haube, von Anfang an war etwas los mit diesem Häubchen, manchmal brauche ich Hinweise wie Berge. Ich drehe mich und sehe an der Wand hinter dem Bett hoch, da hängt natürlich das Kreuz. Um so mehr hat sie darüber entrüstet zu sein, wie man mich hier behandelt. Ich meine, wenn es nach Lehrbuch zugeht.
»Dann will ich Ihnen verraten«, sage ich, »warum er Sie fortgeschickt hat: Ihr Chefarzt hat mich verprügelt.«

Sie lächelt, jetzt ist sie eine Schwester, die für ihren Arzt durchs Feuer geht.
»Der Mann ist ja gemeingefährlich. Zuerst hat er mich am Kragen gepackt und durchgeschüttelt, dann gab es Hiebe.« Wenn man erst einmal so weit ist, gibt es kein Zurück. »Ein Wunder, daß der Gips nicht zerbrochen ist. Und wissen Sie, was er zum Abschied gesagt hat? Wenn ich zu schreien anfange oder sonstwie Schwierigkeiten mache, dann wird er mir, wenn ich schlafe... Er hat mich lange angesehen, dann ist er gegangen.«
»Hören Sie auf. Das ist ja wirklich nicht mehr komisch.«
»Ich wollte Sie nicht erheitern. Als er Sie rausgeworfen hat, wissen Sie, was da auf Ihrem Gesicht zu lesen stand?«
Sie verläßt das Zimmer, am Ende ihrer Nachsicht. Wozu sollte ich länger neugierig sein? Am Ende hat Doktor Hofbauer mich deshalb wütend machen wollen, weil er findet, daß Wut nur eine besondere Form der Lebenslust ist. Und daß ein Selbstmordkandidat, indem er beschließt, sich an einem Grobian zu rächen, im Handumdrehen wieder etwas hat, das ihm verlorengegangen war: einen Plan. In diese Falle, sofern es eine ist, will ich nicht tappen, ich kehre der Angelegenheit den Rücken.

3

Einmal habe ich mit dem Gedanken gespielt, einen Psychoanalytiker zu konsultieren, es ist ein paar Jahre her. Ein Kollege aus der Wirtschaftsredaktion, der mir bis dahin zufrieden und ausgeglichen vorgekommen war, hatte mir auf einem Betriebsvergnügen, nach fünf Schnäpsen, anvertraut, daß er sich seit Monaten in psychiatrischer Behandlung befinde, er sagte in *siechiatrischer Verschandlung,* und daß er den Erfolg schon deutlich spüre; er sagte, er fühle sich inzwischen nicht halb so minderwertig wie früher, und grinste dabei zum Steinerweichen. Drei Schnäpse später fing er an, mich zu agitieren, er legte sich mächtig ins Zeug. Alle normalen Leute gehörten in siechiatrische Verschandlung, sagte er, denn sie diene dazu, sich über sich selbst zu informieren. Alle, die glaubten, über sich selbst Bescheid zu wissen, die hätten sowieso nicht alle beisammen und denen könne wahrscheinlich der beste Psychiater nicht helfen. Er selbst habe Dinge über sich erfahren, daß ihm vor Überraschung der Mund nicht mehr zugegangen sei; inzwischen aber habe er zu sich ein Verhältnis wie zu einem guten Bekannten, an dem man jeden Tag eine neue Seite entdecke. Die Behandlung sei wie ein wahnsinnig gutes Waschmittel, sagte er, mit dem man allmählich den Dreck von der Seele runterkriege. Im übrigen könne man sie jederzeit abbrechen, denn siechiatrische Verschandlung sei total freiwillig, ja, in der Freiwilligkeit bestehe ihre wichtigste Voraussetzung.

Mir wollte nicht einleuchten, wie es ein und dasselbe sein konnte, mehr über sich selbst zu erfahren und den Dreck von der Seele runterzukriegen. Das übrige klang ganz vernünftig. Ich ließ mir die Telephonnummer jenes Arztes geben, nach dem zwölften Schnaps. Aber ich rief nie an. Je länger ich nachdachte, um so unsinniger kam mir die Hoffnung vor, ausgerechnet ein Psychoanalytiker könnte das aus der Welt schaffen, was mir Sorgen machte. Nicht ich hätte behandelt werden müssen, sondern eine Menge anderer Leute, vor mir brauchte sich keiner zu fürchten. Sogar wenn er Erfolg bei mir gehabt hätte, wäre nichts gebessert worden: ich möchte nicht, daß man mir eine Angst ausredet, die tausendfach begründet ist.
Jedenfalls rechne ich damit, daß sie mir hier im Krankenhaus einen Psychologen auf den Leib hetzen. Die werden einen Selbstmörder nicht wie einen Lungenkranken behandeln, denke ich, die werden in seinen Kopf einzudringen versuchen wie ein Holzbock in den Dachbalken. Sie werden sich dort einnisten und breitmachen und alles ausforschen wollen. Auf den Gedanken, daß sie nicht imstande sind zu helfen, werden sie nicht kommen.
Zu meiner Verwunderung aber geschieht in dieser Hinsicht nichts. Am Ende halten sie Doktor Hofbauer für einen Psychologen. Den ganzen Tag kommt niemand, um zu erkunden, was meine Seele so belastet. Das freut mich und zeigt zugleich, in was für einem lausigen Krankenhaus ich liege. Doch warum kommt meine hübsche, kindische Mutter nicht herein?
Meine Mutter Sonja war sechzehn Jahre alt, als ich gebo-

ren wurde, und bis heute ist sie viel zu jung für ihr Alter. Wenn man mich zwingen würde, ihr ein Kompliment zu machen, würde ich sagen, daß sie das Leben von der leichten Seite nimmt. Manchmal nimmt sie das Leben von einer Seite, die es überhaupt nicht hat. Ich kann sie selbstverständlich gut leiden, obwohl sie mir meistens auf die Nerven geht. Mit meiner Erziehung, sofern dies bedeutungsschwere Wort hier anwendbar ist, war sie gewaltig überfordert. Man muß Verständnis dafür haben, denn meine Geburt stürzte sie in ein Meer von Schwierigkeiten. Es ist schwer zu fassen, daß sie darin nicht unterging, und ich werde sie dafür lieben, solange es irgend möglich ist.

Der erste Schrecken für sie war, daß ich, entgegen aller Erwartung, nicht allein zur Welt kam, sondern Hand in Hand mit meinem Zwillingsbruder Manfred. Von ihrem Arzt war sie mit keiner Silbe gewarnt worden, wer weiß, woran der dachte, wenn er sie untersuchte. Doch nicht einmal dieses Unglück konnte sie bewegen, den Namen unseres Vaters preiszugeben. Nie hat sie ihn verraten, und noch heute preßt sie die Lippen aufeinander, wenn man sie fragt, wer dieser Mann ist und ob wir ihm ähnlich sind. Ich habe meinen Vater also nie gesehen, nicht wissentlich. Ich kann nur hoffen, daß er nicht unter den Männern ist, mit denen ich meine Mutter im Laufe der Jahre zusammen gesehen habe.

Auch unseren Großvater, Justus Kilian, haben wir nie zu Gesicht gekriegt, denn er ist bald nach unserer Geburt gestorben. Für uns, die Zwillinge, war das eher ein Glück als ein Pech: durch seinen Tod blieb es uns erspart, in einem Heim aufzuwachsen. Er duldete nicht, daß seine mißratene Tochter mit ihren Kindern unter seinem Dach wohnte. Unsere Großmutter verging darüber vor Gram. Erst nach seinem Tod, der, wie man mir erzählte, aus heiteren Himmel kam, konnten wir in das Haus einziehen und die Fürsorge der Großmutter genießen. Ich erinnere mich, daß Manfred und ich sie jahrelang für unsere Mutter gehalten haben und unsere Mutter für eine Art älterer Schwester. Sie, die Großmutter, war die geduldigste Person, der ich je begegnet bin. Das hat dazu geführt, daß ich lange Zeit glaubte, alles ungestraft tun zu dürfen. Auch meine Mutter hat das geglaubt, wahrscheinlich hat sich daran bis heute nichts für sie geändert. Unsere Großmutter starb, als wir Zwillinge fünfzehn Jahre alt waren und unsere Mutter schon eingeholt hatten. Wir kümmerten uns abwechselnd um sie, Manfred öfter als ich, immer mehr aber hatten wir mit uns selbst zu tun, mit Schule, Universität und Freundinnen. Wir mußten sie wohl oder übel vernachlässigen, sie nahm das nicht krumm und kam besser zurecht, als wir für möglich gehalten hatten. Sie war inzwischen Schauspielerin geworden, ich möchte nicht viel dazu sagen. Mal hatte sie einen Freund vom Fernsehen, mal einen vom Film, in unserem Haus war es selten langweilig. Geld hatte sie genug, sie lebte völlig verantwortungslos, mit dem Glück eines kleinen Kindes, dessen Schutzengel rund um die Uhr die Augen offenhält.

Eines Tages kam sie mit einem Kameramann nach Hause, stellte ihn in die Mitte des Zimmers, zeigte mit dem Finger auf ihn und erklärte uns, er würde in Zukunft bei uns wohnen. Manfred und ich hatten andere Vorstellungen von der Zukunft, obwohl wir ihr den kräftigen Mann gönnten. Wir berieten die halbe Nacht und kamen zu dem Schluß, daß wir die einmalige Gelegenheit nutzen und ausziehen sollten. Es gelang uns innerhalb weniger Tage, eine verwahrloste Ladenwohnung zu finden, wir durften aus dem Haus mitnehmen, was wir wollten. Seit jener Zeit ist das Verhältnis zwischen Sonja und mir frei von größeren Beschwernissen. Wir haben uns noch nie über etwas unterhalten, was für einen von uns wichtig gewesen wäre; von mir weiß ich das genau, von ihr nehme ich es mit Bestimmtheit an, denn es gibt nichts Wichtiges für sie. Jedesmal kommt es mir seltsam vor, wenn ich von Sonja als von meiner Mutter spreche, sehr seltsam. Unter *Mutter* stellt man sich doch diese oder jene Annehmlichkeit vor: ein kleines Feuer, an dem man sich wärmen kann, einen unerwarteten Beistand, Geschichten vor dem Einschlafen oder ein Streicheln, auch wenn es lange zurückliegt.

Ich frage die Schwester Nonne, wo meine angekündigte Mutter bleibt. Sie druckst herum, als hätte ich sie bei einer Lüge ertappt. Schließlich sagt sie, meine Mutter sei wieder gegangen. Obwohl das keine Katastrophe ist, tue ich schrecklich enttäuscht und beklage mich, daß man mir zuerst den Mund wäßrig macht und dann sein Versprechen nicht hält. Kleinlaut erklärt sie, der Arzt habe so entschieden; es sei besser für mich, heute noch allein zu bleiben. Ich sage bedeutungsvoll: »Aha!« Sie wiegelt gleich ab, sie beteuert, ausschließlich medizinische Gründe hätten dafür den Ausschlag gegeben, nicht das, woran ich denke. Es gefällt mir, daß ihre Unglaubwürdigkeit sie bekümmert. Und ich stelle mir vor, wie erleichtert Sonja gewesen sein muß, als man ihr sagte, der

Zustand ihres Sohnes lasse den Besuch doch noch nicht zu.
Am Abend kommt ein Herr, dessen Erscheinen mich nur so lange wundert, bis mir einfällt, in was für einem Krankenhaus ich liege, ein Pfarrer. An seiner Kleidung ist er nicht zu erkennen. Er schließt übertrieben behutsam die Tür und sagt: »Ich würde mich gern mit Ihnen unterhalten, wenn Sie erlauben. Ich bin Pfarrer.«
Es klingt, als wollte er mir das Ablehnen seiner Bitte so leicht wie möglich machen. Überhaupt scheint er schüchtern, beinahe ängstlich zu sein, er hat den einen Fuß zögernd vorgestellt und hält, während er seine Bitte herauspreßt, die Türklinke hinterm Rücken fest. Er hat Aufmunterung und Zuspruch nötig, das ist mein erster Eindruck; seine Aufgabe kann er nur dann erfüllen, wenn ich Freude zeige. Ich habe mich den halben Tag gelangweilt, er ist kaum älter als ich, ich sage: »Sie stören nicht. Am Fenster steht ein Stuhl.«
Ach, ist er froh. Er rückt den Stuhl ans Bett und setzt sich, wir wechseln ein paar muntere Blicke. Er verhält sich so, als müßte ich nun erklären, wozu ich ihn gerufen habe. Um die Pause nicht zu lang werden zu lassen, behaupte ich, sein Besuch sei ein wenig seltsam, da kann er fragen, was mir daran seltsam vorkomme. Ich antworte, daß meine Mutter mich vor Stunden besuchen wollte und daß man sie mit der Begründung, ich sei noch zu schwach für den Besuch, wieder fortgeschickt habe. So ergibt ein Wort das andere. Ich sage: »Für meine Mutter bin ich zu krank, aber mit einem Pfarrer, glaubt man, kann ich fertig werden.«
Er findet nichts Komisches an der Bemerkung, eher

scheint sie ihm peinlich zu sein. Er rutscht auf die vordere Stuhlkante und fragt leise, ob es mir auch wirklich recht sei, wenn er bleibe. Man muß jedes Wort auf die Goldwaage legen, eine gute Übung für Patienten.
Ich sage, das sei nur ein Witz gewesen, und ich erzähle ihm, ich hätte meistens Pech mit Witzen. Das scheint ihn zu beruhigen, zumindest lehnt er sich zurück und sitzt nicht mehr auf dem Sprung. Ich fühle mich ja selbst nicht sicher: einer, der nach mißglücktem Selbstmordversuch daniederliegt, ein Versager in doppelter Hinsicht, ist nicht in der Position, um große Sprüche zu klopfen. Auch gibt es keinen Grund, meinen Gast zu veralbern, er hat ernste Absichten.
Aus dem Nichts heraus fängt er zu lächeln an, das Lächeln überzieht ohne jede Heiterkeit sein Gesicht. Ich würde wetten, daß es sich um eine Miene handelt, die er auf der Pfarrerschule im Fach *Erste Begegnung mit Lebensmüden* gelernt hat. Er sieht so häßlich damit aus, daß ich ihn kaum ansehen mag. Wahrscheinlich fürchtet er, daß jedes Wort, das er an mich richtet, das falsche sein könnte. Aus purer Verzweiflung frage ich, wie spät es ist. Er hat keine Uhr bei sich und antwortet, es müßte gegen neunzehn Uhr vierzig sein. Dann sieht er meine Armbanduhr auf dem Nachttisch liegen, schaut darauf und teilt mir mit, sie sei zerbrochen. Ohne Hintergedanken frage ich, ob er hören möchte, bei welcher Gelegenheit das Malheur passiert sei. Er sagt: »Oh, ja.« Ich berichte über meinen Sturz vom Küchentisch, wobei ich seltsame Mühe habe, die wenigen Ereignisse in eine vernünftige Reihenfolge zu bringen.
Der Pfarrer ist ein guter Zuhörer. Er hängt an meinen

Lippen, und man sieht ihm die Enttäuschung darüber an, daß die Geschichte so kurz ist. Ich sage: »Und ich weiß immer noch nicht, ob es klug war, auf den Tisch zu klettern. Haben Sie eine Ahnung, ob Gas schwerer oder leichter als Luft ist?«
»Wenn ich nicht irre, ist es schwerer.«
»Das würde bedeuten, ich habe mir umsonst den Arm gebrochen? Ich hätte mich lieber platt auf den Boden legen sollen?«
»Ich weiß es nicht genau. Sind denn nicht die Luftballons auf den Rummelplätzen mit gewöhnlichem Gas gefüllt?«
»Das hieße, es ist leichter als Luft?«
»Ich weiß es wirklich nicht.«
Angenehm ist, daß er mich nicht mit *Mein Sohn* anredet, wie man es aus dem Fernsehen kennt. Man plaudert müheloser so. Er bietet mir an, morgen die gewünschte Information zu bringen; er kenne einen Physiker, den er nur anzurufen brauche. Ich sage, er solle sich nur keine Umstände machen, mein Interesse sei kein drängendes mehr. Denn die Situation, in der mir ein Fingerzeig von Nutzen hätte sein können, sei ja nun vorbei. Da sieht er mich wieder mit den todernsten Augen eines Bernhardiners an, zurückgeholt in die harte Wirklichkeit.
»Ist die Situation tatsächlich vorbei, Herr Kilian?«
Es tut mir leid, daß er nun doch dienstlich wird. Erwartet er eine Selbstverpflichtung, eine feierliche? Ich sehe keinen Grund, ihm länger die Arbeit zu erleichtern, jetzt soll er zeigen, was er kann. Bei Lichte betrachtet, ist er an einem ziemlich hochmütigen Unternehmen beteiligt: steckt die Nase in eine Geschichte, von deren Verlauf und Ausmaß er keinen Schimmer hat, glaubt aber, sie mit ei-

ner Stippvisite in andere Bahnen lenken zu können. Vielleicht will er auch öfter kommen, man weiß ja nicht, wie seine Vorschriften lauten. Jedenfalls haben sie dem schüchternen Menschen, der einem vor Verlegenheit kaum in die Augen blicken kann, eine verdammt arrogante Aufgabe verpaßt.
Als er sich damit abgefunden hat, daß ich auf seine frivole Frage nicht antworte, fragt er: »Glauben Sie an Gott, Herr Kilian?«
»Es ändert sich andauernd.«
»Das verstehe ich nicht.«
»Es ändert sich. Den einen Tag ja, den anderen nein.«
»Also wäre es falsch zu sagen, daß Sie nicht an Gott glauben?«
»Richtig.«
»Sind Sie evangelisch oder katholisch?«
»Wozu solche Fachfragen? Hängt davon ab, auf welche Weise Sie mit mir reden?«
»Nein, nein, mißverstehen Sie das nicht, verzeihen Sie. Es war mehr eine Verlegenheitsfrage.«
»Schon gut.«
»Sie merken wohl, daß es mir nicht leicht fällt, mit Ihnen zu sprechen.«
»Schon gut.«
Falls es ein Trick ist, den Bedürftigen zu spielen, beherrscht er ihn hervorragend. Ich frage, ob er eine Zigarette für mich hat, ohne viel Hoffnung. Zu meinem Erstaunen holt er eine Packung aus der Tasche und hält sie mir hin. Junge, das ist gelungen! Er steckt auch sich eine an, als hätte er nur auf mein Signal gewartet. Aus einer Streichholzschachtel schüttet er die Hölzchen in seine

Jackentasche, damit wir die leere Schachtel als Aschenbecher benutzen können. Dann öffnet er weit das Fenster, wie ein geübter Verletzer von Krankenhausverordnungen. Ich mache das Licht aus, wir rauchen schweigend ein paar Züge. Es ist kaum hell genug, um sein Gesicht zu erkennen, eine Laterne steht nicht weit vom Fenster. Er sagt: »Es kommt niemand herein, solange ich im Zimmer bin. Man hält hier das, was die Geistlichen in den Krankenzimmern tun, für etwas äußerst Wichtiges.«
»Sind Sie auch dieser Meinung?«
Er antwortet nicht gleich, diesmal nicht aus Verlegenheit. Er bläst einen schönen Ring, der zum Fenster segelt und auf halbem Weg in einen kleinen Wind gerät. Die Zigarette wärmt mich von innen auf. Ich habe Lust, ihm zu sagen, daß er bei mir schon erreicht hat, was er mit seinem Besuch vermutlich erreichen wollte. Doch er könnte es als Aufforderung verstehen, den Mund zu halten. Nach einem zweiten Ring, einem mißlungenen, sagt er: »Ich habe eine Arbeit zu erledigen, der ich nicht gewachsen bin. Mein bißchen Freundlichkeit und mein bißchen Mitgefühl reichen längst nicht aus, um die Bedürftigen zu trösten. Ich bin nicht sicher, ob es mir überhaupt schon einmal gelungen ist, ich meine, wenigstens in einem einzigen Fall. Und das Krankenhaus ist voll von Unglücklichen.«
»Nicht nur das Krankenhaus«, sage ich. »Wenn einer heute unglücklich sein will, der weiß ja gar nicht, wo er anfangen soll.«
»Mein größter Nachteil ist, daß die Probleme der Leute mich selbst niederdrücken. Ich gehe in die Zimmer, um mit den Kranken über ihre Sorgen zu sprechen, fürchte

mich aber gleichzeitig davor, sie zu hören. Ich komme mir vor wie ein Rettungsschwimmer, der Angst vor dem Wasser hat. Mit jedem Tag wird es schlimmer. Sie finden es befremdlich, daß ich so zu Ihnen spreche? Es ist auch befremdlich. Die einzige Entschuldigung, die ich anfügen kann, ist, daß Sie auf mich einen sehr gefaßten Eindruck machen.«

»Sie sind erst der zweite Pfarrer, mit dem ich es zu tun habe. Der erste war ein gewisser Winterlein, das ist jetzt zwanzig Jahre her. Er hat mich überfahren.«

»Überfahren?«

»Es war nicht weiter tragisch. Ich kam mit dem Fahrrad um eine Ecke, und er hat mich am Hinterrad erwischt. Ich weiß heute noch seine Autonummer. Mir ist nichts weiter passiert, aber das Fahrrad war total fertig. Er hat abgestritten, daß ich die Vorfahrt hatte, der Hund, er hat behauptet, ich wäre von links und nicht von rechts gekommen. Zu meinem Glück gab es Zeugen. Wir haben uns dreimal gesehen, bis die Sache mit der Versicherung erledigt war. Meiner Mutter wurde die Hälfte vom Wert eines neuen Fahrrades ausgezahlt. Ich habe aber nie wieder eins gekriegt. Er war übrigens katholisch.«

»Sie müssen mir etwas erklären.«

»Ja?«

»Sie haben gesagt, daß Sie an Gott glauben? Wenigstens manchmal?«

»Ja.«

»Wie konnten Sie dann versuchen, sich das Leben zu nehmen?«

»In diesem Zusammenhang habe ich es noch nicht gesehen.«

»Das ist die Erklärung.«
»Das ist sie nicht.«
»Sondern?«
»Es hätte mir nicht geholfen, an Gott zu denken. Er ist eine Niete.«
Er hält vor Schreck den Atem an, doch habe ich deshalb unrecht? Stimmt es vielleicht nicht, was ich sage?
»Sie dürfen Gott nicht lästern«, flüstert er.
»Wer lästert denn?«
Gott, das war früher einmal das starke Gefühl, das einen ergriff, wenn man sich ansah, wie klug alles um einen herum konstruiert war und wie wahnsinnig gut es funktionierte. Aber dieses Gefühl hat sich schwer geändert, seit nichts mehr klappt bei seiner Dreckserfindung. Sehr bald stellte sich heraus, daß Gott alles falsch gemacht hat, was einer nur falsch machen konnte. Jedes Kind weiß, daß es nicht genügt, ein Erzeugnis auf den Markt zu werfen – der Hersteller hat sich gefälligst auch um den Service zu kümmern. Um Wartung, Pflege und so weiter. Genau das hat Gott versiebt, dafür gibt es ja wohl genug Beweise. Ich kann den Pfarrer mit Beweisen zuschütten, wenn ihm danach zumute ist.
Das Licht hat inzwischen so abgenommen, daß ich ihn nur noch in Umrissen sehe, er sagt ja nichts. Als hätte er meine Gedanken gehört und stimmte ihnen zu. Ich bitte ihn um noch eine Zigarette und halte die Hand hin, er legt eine Zigarette hinein. Eine Streichholzflamme leuchtet auf, ich zünde die Zigarette an und kann ihn hinter dem Feuerchen kaum erkennen. Er selbst raucht keine mehr.
»Wie lange dürfen Sie bleiben?«

»Dafür gibt es keine Regelung.«
»Wenn Sie Lust haben, könnten wir Karten spielen. Offiziersskat oder Siebzehnundvier. Sie brauchten nur ein Kartenspiel zu besorgen.«
»Das geht nicht. Es würde bekannt werden, und die Diskussion können Sie sich vorstellen.«
»Wie sollte es denn rauskommen?«
»Außerdem habe ich noch zu tun.«
Ich mache das Licht wieder an und sage: »Bei mir geht es ja auch nicht. Wie will ich denn mit einer Hand Karten spielen.«
Entgegen meiner Erwartung schlafe ich hervorragend. Als ich am Morgen aufwache, versuche ich, mich zu erinnern, was ich geträumt habe. Ich möchte wissen, wovon man nach einem Tag wie dem gestrigen träumt. Doch ich finde nicht einmal heraus, ob es überhaupt einen Traum gegeben hat. Es riecht nach Zigarettenrauch, dabei hat der Pfarrer das Fenster einen Spalt breit offengelassen. Ich fühle mich gut und kräftig und bin entschlossen, das Krankenhaus noch heute zu verlassen, falls sich mir keiner in den Weg stellt.
Eine fremde Schwester kommt herein, bleibt mitten im Zimmer stehen und schnuppert. Diesmal sehe ich gleich, daß sie eine Nonne ist. Sie erwähnt den Rauch mit keinem Wort und fragt nur, wie es mir geht. Als gäbe es eine neue Dienstvorschrift, wonach Selbstmörder mit Nachsicht zu behandeln seien. Ich antworte: »Danke für die Nachfrage.« Sie schaut in die Nachttischschublade, der Pfarrer hat keine Zigaretten dagelassen. Ich habe vergessen, ihn darum zu bitten.
Wenig später kommt Doktor Hofbauer, mit wieder einer

anderen Schwester, der hübschesten bisher. Offenbar leidet er an Gedächtnisschwund, denn er behandelt mich wie einen lieben Freund. Zum Beispiel legt er mir eine Hand auf die Schulter und fragt: »Wie fühlen wir uns denn heute?« Er ist so leutselig, daß ich ihn auch dann nicht leiden könnte, wenn wir uns jetzt zum erstenmal begegneten. Das Schwesterchen steht hinter ihm und strahlt, weil es einen so prächtigen Chef hat. Er setzt sich zu mir aufs Bett wie ein Arzt, der sich für seine Patienten Zeit nimmt. Ich muß mir einen langen Bericht über meinen Zustand anhören. Keine einzige der Mitteilungen interessiert mich, ich sehe derweilen zum Fenster oder auf die Schwester, nur nicht zu ihm. Er riecht auch heute nach Salmiakpastillen, zumindest daran kann man ihn wiedererkennen. Ich sollte fragen, wo meine Hose versteckt gehalten wird. Aus seiner Rede tauchen Millionen Meßwerte auf und gehen wieder unter, auch alle meine Organe, nur die Hose kommt darin nicht vor. Ich bin mir über die juristische Seite der Angelegenheit nicht im klaren: ob man mich zwingen kann, länger zu bleiben, als ich möchte. Einem wie mir können sie schlecht damit drohen, daß ich bei zu frühem Verlassen des Krankenhauses selbst die Verantwortung tragen muß. Hofbauer ist von eiserner Freundlichkeit und läßt sich auch von meinen unaufmerksamen Augen nicht beirren. Noch vor dem Ende seines Vortrags kommen mir Zweifel, ob ich ihn wirklich schon einmal gesehen habe: vielleicht war meine erste Begegnung mit ihm nur der Traum, der mir vorhin nicht einfallen wollte.

4

Nach Hause muß ich laufen, weil erstens kein Pfennig Geld in meiner Hosentasche ist und weil ich zweitens keine Lust habe, jemanden anzurufen. Sie haben mich gegriffen, wie ich auf dem Küchenboden lag, ohne Mantel, ohne Schirm, ohne Portemonnaie; zum Glück hatte ich wenigstens einen Pullover an, so daß ich auf dem Heimweg nur in Maßen zu frieren brauche. Der ausgeleierte Ärmel wird über den Gips gezogen und muß nicht aufgeschnitten werden.

An einem Zeitungskiosk bleibe ich stehen, um mir ein Bild von den heutigen Katastrophen zu machen. Es steckt eine Neugier dahinter, die ich schon oft für überflüssig gehalten habe, weil sie zu nichts führt. Ich mache eine Entdeckung, die mich wundert wie lange keine Nachricht mehr: es gibt bereits die Zeitungen von morgen zu kaufen, von Mittwoch. Sofort habe ich eine Erklärung bei der Hand, ich vermute ein Komplott zur Verwirrung der Leser. Wir sollen den Überblick verlieren, wir sollen morgen für heute und heute für gestern halten und uns auf diese Weise abgewöhnen, in den Nachrichten einen Sinn zu suchen oder sie mit Erwartungen zu lesen. So weit ist es also inzwischen gekommen, doch mich muß das nicht bekümmern, Die Sache wird sowieso wiederholt, noch in dieser Woche. Oder hat sich inzwischen etwas zum Guten geändert?

Meine Deutung der Zeitverschiebung stellt sich als falsch heraus. Als ich mich beim Zeitungshändler nach dem

Datum erkundige, sagt er verwundert, ohne auf eine der Zeitungen zu blicken, wir hätten Mittwoch, den fünfzehnten Oktober. Zuerst kann ich nicht begreifen, wo der Dienstag geblieben sein soll.
Im Weitergehen rechne ich mir aus, was geschehen ist. Die Sache hat am Montag stattgefunden, daran gibt es keinen Zweifel; am Montag ist Frau Abraham vom Flugplatz zurückgekommen, am Montag hat sie den Rettungsdienst gerufen. Der fehlende Tag muß im Krankenhaus verlorengegangen sein. Als ich dort die Augen aufschlug, habe ich es für selbstverständlich gehalten, daß höchstens ein paar Stunden seit meiner Ohnmacht vergangen waren, in Wirklichkeit handelte es sich um den Rest vom Montag, die Nacht einbegriffen, und um ein gutes Stück Dienstag dazu. Ich beeile mich, es fängt zu regnen an.
Bald wird der Regen so stark, daß ich mich in einem Hausflur unterstelle. Es ist düster darin, warm und voll, es wird gemurmelt wie in Versammlungspausen. Und immer mehr Leute drängen nach, als gäbe es keine anderen Hauseingänge weit und breit, ich werde tiefer in den Flur geschoben. Der merkwürdige Geruch von Menschen kommt mir in die Nase, ein Duft, den man selbst dann wiedererkennt, wenn man ihn noch nie gerochen hat. Eine dicke Frau steht hautnah neben mir und ißt ein belegtes Brot; sie hat Mühe, es zum Mund zu führen, sie hält das Brot nach jedem Bissen hoch, damit es nicht ins Gedränge kommt. Von einer anderen Frau wird sie mißbilligend angesehen. Ich frage mich, warum der Regen mich am Weitergehen hindert. Die anderen mögen Gründe haben, in diesem Unterschlupf zu bleiben, sie

wollen keine nassen Kleider und fürchten sich vor Erkältung, doch warum stehe ich hier?
Ich dränge mich aus dem hinteren Flur auf die Straße und setze im Regen, der ein mächtiger Guß geworden ist, den Heimweg fort. Beim Aufprall der Tropfen auf die Pfützen entstehen und vergehen Millionen weißer Blasen, die Straße sieht aus, als ob sie kochte. Aus Dachrinnen, die nur für gewöhnliche Regen gemacht sind, stürzt Wasser auf die Bürgersteige, die wenigen Autos schieben Bugwellen vor sich her. Bei alldem sieht der Himmel merkwürdig aus: es scheint, als müsse jeden Augenblick das Schwarz aufreißen und einer großen Helligkeit weichen, die nirgendwo zu erkennen ist, die nur in der Erwartung existiert. Die wenigen Passanten hasten vorwärts, unter Schirmen oder Aktentaschen, nur ich gehe gemächlich und sehe aus wie einer, dem das Wetter auch noch Spaß macht. Und tatsächlich empfinde ich Vergnügen. Ich triefe und friere und fühle mich doch, als ich zu Hause ankomme, unbeschwert wie lange nicht mehr.
In der Wohnung hält sich das gute Gefühl nicht lange. Frau Abraham ist glücklich verreist, wenigstens das. Auf dem Boden der Diele finde ich einen Brief von ihr, genau dort, wo vor kurzem mein voreiliger Abschiedsbrief an Mutter und Freundin gelegen hat. Die Türen zu allen Räumen, die nicht mir gehören, sind verschlossen: das habe ich mir selbst zuzuschreiben, wozu mußte ich meiner Wirtin verraten, wie gut ihre Pralinen sind? Ich gehe ins Badezimmer, wo ich mir zuerst die Zähne putze, seit zwei Tagen habe ich mir die Zähne nicht geputzt. Dann ziehe ich die triefnassen Kleider aus, auch die Schuhe

sind durchgeweicht, und dusche. Mit dem Gipsarm ist das ein Kunststück. Ich versuche, ihn nicht naß werden zu lassen, obwohl er vom Regen ohnehin durchgeweicht ist und an manchen Stellen bröckelt. Mit der Seife in der rechten Hand komme ich an fast jede Stelle des Körpers, nur auf dem Rücken bleibt ein toter Fleck und auf dem rechten Arm natürlich.

Bei allem, was ich tue, behindert mich der Gedanke: Wozu noch? Wozu wäschst du dich noch, warum trocknest du dich noch ab, warum willst du keinen Schnupfen kriegen, so geht es mir pausenlos im Kopf herum. Ich bin ratlos vor dieser Frage und verrichte alles wie nebenbei, ohne Überzeugung. Gern würde ich mir einreden, das Leben gehe seinen normalen Gang, der heutige Tag sei einer von der gewöhnlichen Sorte. Als ich mich nach dem Duschen abfrottiere, versuche ich, mich auf den Rücken zu konzentrieren, auf das angenehme Warmwerden der Haut. Egal was einer vorhat, sage ich mir, angenehm ist angenehm. Das Telephon stört mich bei meinen Übungen. Ich warte regungslos, bis es zu läuten aufhört. Zufällig blicke ich dabei in den Spiegel und wundere mich, weil ich so munter aussehe. Wie bei einem Spiel.

Auf dem Küchentisch steht Frau Abrahams Schale mit den Pralinen. Das rührt mich. Auch der umgekehrte Fall wäre denkbar: daß sie ihr Zimmer offengelassen, die Pralinen aber versteckt hätte. Sie hat sich für die freundlichere Variante entschieden. Neben den Pralinen liegt *Der lange Abschied*. Buchdeckel und ein paar Seiten sind zerdrückt. Warum hat sie den Brief nicht zum Buch und zu den Pralinen gelegt? Ich nehme ihn mit in mein

Zimmer, Aufmerksamkeit gegen Aufmerksamkeit. Er lautet:
Sehr geehrter Herr Kilian! Die Fluggesellschaft hat endlich angerufen und durchgesagt, daß es nicht mehr neblig ist. Gleich holt man mich ab, und ich kann endlich fliegen, aber in größter Unruhe Ihretwegen. Was soll denn bloß werden? Sie können sich gar nicht vorstellen, wie mir zumute war, als ich die Küchentür aufgemacht habe und dann dieser erschütternde Anblick! Warum haben Sie das nur getan? Sie sind so jung, so gesund, haben eine schöne Stelle bei der Zeitung, Ihre Freundin ist ein bildschönes Mädchen, was wollen Sie eigentlich noch? Ich habe unmittelbar Ihre werte Frau Mutter angerufen, Sie ahnen ja nicht, wie erschrocken die liebe Frau gewesen ist. Oder hätte ich es ihr vielleicht verschweigen sollen? Zuerst wollte ich ja gar nicht mehr fliegen, man kann Sie ja nicht mehr allein in der Wohnung lassen. Aber ich werde erwartet, und schließlich freut man sich auch auf so eine Reise. Wissen Sie, daß ich erst zum zweitenmal fliege? Ein großes Stück meiner Freude ist jedenfalls dahin, das sollen Sie getrost wissen, denn ich werde unentwegt an Sie denken müssen. Ich hoffe doch sehr, daß Sie die Sache gut überstanden haben, wenn Sie diesen Brief lesen. Sie sind ja ohnmächtig geworden, als die Männer Sie aufgehoben haben. Und dieser fürchterliche Schrei!
Lieber Herr Kilian! Die Gesundheit ist das höchste Gut des Menschen, ich kann ein Lied davon singen. Oft schon bin ich in meinem langen Leben verzweifelt gewesen, aber nie wäre ich auf die Idee gekommen, Hand an mich selbst zu legen. Ist Ihnen denn überhaupt klar, daß das

ganze Haus in die Luft hätte fliegen können? Immer habe ich nach einem vernünftigen Ausweg gesucht, immer haben sich liebe Menschen gefunden, die mir unter die Arme gegriffen haben, und so ist es nach jeder Not irgendwie weitergegangen. Menschenskind, es wird auch bei Ihnen weitergehen, Sie müssen nur wollen und daran glauben! Ich weiß ja nicht, worum es sich bei Ihrem Kummer handelt, nur eins weiß ich: So wichtig kann er gar nicht sein, daß es ein zerstörtes blühendes Leben lohnt. Dessen seien Sie gewiß.
Ich muß Ihnen aber leider auch etwas anderes sagen, lieber Herr Kilian. Für eine alte Frau wie mich ist die Angst einfach zu groß, daß sich ein derartiges Ereignis wiederholen könnte. Sie dürfen das nicht in die falsche Kehle kriegen, es ist überhaupt nicht gegen Sie persönlich gerichtet. Sie müssen mich auch ein bißchen verstehen. Bis jetzt habe ich mich niemals über Sie beklagen gemußt, bis auf den kleinen Streit wegen der Seife damals, aber das ist erledigt und vergessen. Sonst waren Sie mir immer ein guter Mieter. Aber diese Sache ist jetzt einfach zu viel für mich. Ich überlege sowieso schon lange, ob ich mir nicht eine kleinere Wohnung nehme, habe ich Ihnen das nicht schon erzählt? Nun glaube ich, daß es bald soweit sein könnte. Ich will damit andeuten, daß Sie sich vielleicht ein wenig umsehen sollten, Ihnen aber keineswegs die Pistole auf die Brust setzen. Mit ein wenig Verständnis wird sich auch hier eine Lösung finden lassen, siehe oben. Am 2. November werde ich zurück sein, das ist ein Sonntag. Hauptsache, wir haben dann nicht wieder Nebel. Bis dahin Kopf hoch und alles Gute wünscht Ihnen, mein lieber Herr Kilian, Ihre Ria Abraham.

Die Kündigung darf man ihr nicht übelnehmen. Wenn ich einen Teil meiner Wohnung vermietet hätte, wäre auch mir die tägliche Furcht, über die Leiche meines Untermieters stolpern zu können, schwer erträglich. Hinzu kommt, daß ich Die Sache auf eine denkbar unsoziale Weise betrieben habe, als gäbe es keine Schlaftabletten und keine tiefen Seen und keine Häuser mit Fenstern im fünften Stock. Sollte ich Frau Abraham noch einmal begegnen, dann müßte ich ihr die Furcht nehmen, das wäre das Mindeste.

Weil außer den Pralinen nichts zu essen im Haus ist, gehe ich einkaufen. Die Fleischersfrau begrüßt mich wie an gewöhnlichen Tagen und erkundigt sich nach den Umständen meines Armbruchs. Ich erzähle vom Radfahren im Wald und vom Zusammenstoß mit einem der vielen Bäume, einer Buche. Mir wird warm ums Herz, weil endlich jemand nicht nach den Gründen für meine Untat fragt. Schön, sie weiß nichts davon, aber das macht es nicht weniger angenehm, ich kaufe das Dreifache der üblichen Menge. Beim Bäcker dasselbe. Erst im Treppenhaus sieht mich die Mieterin aus dem dritten Stock mit Augen an, als hätte sich Frau Abraham vor ihrem Abflug noch eine Indiskretion erlaubt. Es stört mich nicht, wenn andere von Der Sache wissen, solange sie nicht mit mir darüber sprechen wollen.

Beim Essen klingelt das Telephon. Während ich in die Diele gehe, fällt mir ein, daß ich mir für meine Mutter noch keine Erklärung ausgedacht habe. Es ist meine Freundin Sarah.

»Mein Gott, wo steckst du? Ich rufe seit drei Tagen bei dir an.«

»Hatte viel zu tun. Nichts Wichtiges. Die meiste Zeit war ich aber hier. Seit drei Tagen, sagst du?«
»Was hattest du zu tun? War es so wichtig, daß du dich nicht zwischendurch melden konntest?«
»Ich sage ja, es war nicht wichtig. Es hat nur verdammt Zeit gekostet. Soll ich mir in der Redaktion einen Entschuldigungszettel schreiben lassen?«
»Dort habe ich auch angerufen.«
»Wann?«
»Vorgestern, gestern, heute.«
»Und was haben sie gesagt?«
»Daß sie nicht wissen, wo du steckst.«
»Ich war mit einem Geheimauftrag unterwegs. Da dürfen sie keine Auskünfte geben.«
»Es freut mich, daß dein Humor noch der alte ist. Trotzdem du so wenig Zeit hast. Wann hättest du dich denn von selbst gemeldet?«
»Heute.«
»Und wenn nicht heute, dann morgen, stimmt's?«
»Ich mache dir einen Vorschlag, Sarah. Wir haben beide nicht die beste Laune und werden uns gleich streiten. Seien wir ausnahmsweise klug und telephonieren lieber ein andermal. Was hältst du davon?«
Einige Augenblicke rauscht es in der Leitung, ich lege als erster auf. Ich setze mich an den Tisch, lehne die Zeitung gegen den Brotkorb und esse weiter. Sie ist nicht übertrieben streitsüchtig, das kann ich nicht behaupten. Nur manchmal muß man ihr erklären, was ohne Fragen hingenommen werden sollte, ob wichtig oder nicht. Und im Moment ist es ein Kinderspiel, mit mir in Streit zu geraten, das kommt hinzu.

Auf der Zeitungsseite *Aus aller Welt* lese ich eine merkwürdige Geschichte: In einen Fluß waren aus einem Kalibergwerk so viele Abwässer gelaufen, daß kein Leben mehr dort existierte. Nach ein paar Jahren kamen Biologen auf den Gedanken, Salzwasserpflanzen und Salzwasserfische in dem Fluß anzusiedeln. Zur Verblüffung der Fachwelt gelang das Experiment, und nach einiger Zeit konnte man dort eine Salzwasserflora und eine Salzwasserfauna beobachten, wie sonst nur an Meeresrändern. So weit, so gut. Dann setzte die Gewerkschaft durch, daß an Wochenenden in dem Kalibergwerk nicht mehr gearbeitet wurde. Der Fortschritt hatte aber Nebenwirkungen: an Sonnabenden und Sonntagen blieben nun die Verunreinigungen aus. Die Schübe sauberen Wassers genügten, um dem neuen Leben wieder den Garaus zu machen. Jetzt suchen sie nach einer anderen Lösung.
Sarah ruft zum zweitenmal an und stellt die Frage, ob ich verrückt geworden bin.
»Was habe ich getan?«
»Du hast mitten im Gespräch aufgelegt. Zuerst meldest du dich tagelang nicht, dann legst du auf.«
»Ich dachte, du wärst fertig.«
»Fertig mit was? Denkst du, ich rufe drei Tage lang bei dir an, nur um zu fragen, wo du drei Tage lang gesteckt hast?«
»Entschuldige.«
»Könnte es vielleicht sein, daß ich dich störe? Oder könnte es noch vielleichter sein, daß meine Anrufe dich von nun an immer stören?«
Mich zwickt die Versuchung, auf ihr Angebot einzugehen und mit einem schneidigen *Ja* das Problem aus der

Welt zu schaffen. Oft schon habe ich vor dieser Entscheidung gestanden, ich meine, mit ihr, mit Sarah, bin ich schon oft an diesem Punkt gewesen. Jedesmal habe ich kalte Füße gekriegt und wieder eingelenkt, genauso ist es auch diesmal. Ich brauche mir nur vorzustellen, wie wir nebeneinanderliegen, sie die Hand an einer ganz bestimmten Stelle, ich die Hand unter ihrer Achsel, wo sie sich nicht mehr rasiert, seit ich es ihr verboten habe. Schon sage ich: »Wie kommst du denn auf sowas? Habe ich das auch nur angedeutet?«
»Und ob du das hast! Nachdem wir drei Tage lang nichts voneinander hören, schlägst du vor, wir sollten lieber ein andermal telephonieren. Das ist ja schon keine Andeutung mehr.«
»Ich habe mich entschuldigt.«
»Wann könnte man denn einen Termin bei dir kriegen?«
»Heute. Ich habe nichts vor.«
»Du übertriffst dich.«
Wir verabreden uns für den Abend und quatschen noch ein Weilchen ins Blaue. Sarah ist eine witzige Person, wenn auch auf merkwürdige Weise: ihre Witze sind selten intelligent, sondern meistens nur witzig, ich kann das nicht genauer beschreiben. Sie bringt mich selten in eine gute Stimmung, jedenfalls nicht durch Reden. Also rede ich wenig mit ihr, weshalb sie mich hin und wieder maulfaul nennt. Übrigens heißt sie Sarah, weil ihr Vater die Araber nicht leiden kann, ihr Bruder heißt Jakob.
Am Nachmittag werde ich schläfrig und lege mich hin. Ich kann mich nicht erinnern, nachmittags je müde gewesen zu sein, außer nach Saufereien und während der Militärzeit. Wahrscheinlich stecken mir noch Reste von

Stadtgas in den Knochen. Trotzdem kann ich nicht einschlafen, andauernd klingelt das Telephon. Ich ärgere mich krank über die Störung und bin doch zu faul, um aufzustehen und den Stecker aus der Wand zu ziehen. Bei jedem Klingeln denke ich, es wird das letzte sein.

Als ich noch lebte, ich meine, vor Der Sache, bin ich nie so oft angerufen worden, auf einmal müssen mich alle sprechen. Bei Lichte besehen, ist es ja ein starkes Stück, daß ich allein hier liege: die haben mich glatt wieder gehen lassen, als mein Herz vorschriftsmäßig schlug und Atmung, Blutzucker und der Teufel weiß was in Ordnung waren. Also war auch ich wieder in Ordnung.

Nachdem die Anrufer resigniert haben, klingelt es an der Tür. Was ist zu tun, ich öffne einem kleinen Herrn, der mich überfreundlich ansieht und sich erkundigt, ob ich Kilian bin. Als das geklärt ist, bittet er darum, mich sprechen zu dürfen. Ich halte ihn zwei Sekunden lang für einen Versicherungsmann, dann für einen Redaktionsboten, der eine Nachricht überbringen soll und sich ungeschickt anstellt. Bis er mir eine Karte mit Lichtbild unter die Augen hält, die ihn als Beauftragten des Staates ausweist. Da trete ich zur Seite und lasse ihn vorbei. Wir gehen in mein Zimmer. Ich biete ihm Platz an und überlege, ob ich der Gegenstand seines Interesses bin, oder ob er Auskünfte über jemanden braucht, dessen Namen ich gleich erfahren werde. Wahrscheinlich bin ich kein sehr mutiger Kerl.

»Eigentlich wollte ich Sie im Krankenhaus aufsuchen«, beginnt er unser Gespräch. »Als ich hinkam,

waren Sie leider schon fort. Ich habe in diesen Tagen viel zu tun.«
»Verstehe.«
»Sie können sich denken, weshalb ich hier bin?«
»Das nicht.«
Sein Blick verrät, daß meine Antwort ihn wundert. Im selben Moment fange ich an zu ahnen, worum es geht. Er nimmt Notizbuch und Kugelschreiber aus der Tasche und legt sie vor sich auf den Tisch. Ich kenne ihn aus Filmen, gleich macht er die grelle Schreibtischlampe an und richtet sie auf mein Gesicht. Ich sehe seine blanken Schuhe unterm Tisch. Obwohl die Straße nach dem Regen noch von Pfützen übersät ist, sind seine Schuhe spiegelblank. Mich ärgert, wie willkommen er sich fühlt.
»Ich will offen mit Ihnen sprechen, denn ich bin auf Ihre Offenheit angewiesen«, sagt er. Es hört sich abgenutzt an, wie ein Satz, den er schon oft verwendet hat. »Meine Behörde kümmert sich um alle Suizidversuche. Genauer: um die gescheiterten. Es interessiert uns, warum die jeweilige Person sich zu dieser letzten aller Möglichkeiten entschlossen hat.«
»Warum?«
»Gewiß nicht aus Neugier.«
»Die Leute mögen tausend verschiedene Gründe haben.«
»Uns kümmert nur ein einziger. Sie können ganz beruhigt sein, daß wir uns nicht in die privaten Belange der Bevölkerung einmischen. Dafür fehlt sowohl Interesse als auch Personal.«
»Ist es denn nicht eine Privatangelegenheit, wenn einer sich das Leben nehmen will?«

»Nicht unbedingt. In einer so extremen Situation wie vor einem Selbstmord kann der Bürger zu Entschlüssen gelangen, die er unter gewöhnlichen Umständen nie gefaßt, vielleicht sogar weit von sich gewiesen hätte. Er könnte sich zum Beispiel sagen: Ich werde den morgigen Tag sowieso nicht mehr erleben, also kann ich die verhaßte Schwiegermutter vorher aus dem Fenster stoßen. Oder er beschließt, schnell noch eine Bombe im Polizeirevier zu deponieren. Oder er meint, diesen oder jenen ungeliebten Staatsmann vorher umbringen zu müssen. Sie verstehen? Sofern die Gründe des Selbstmörders privater Natur sind, haben wir nicht das Recht, uns einzumischen. Wenn die Person sich aber umstürzlerisch betätigen will, geht uns das etwas an. Und darum Nachforschungen wie die heutige.«

»Ihr Ausgangspunkt ist nicht eben logisch«, wende ich ein. »Sie sagen selbst, daß Sie sich nur um solche Leute kümmern, die einen mißglückten Versuch hinter sich haben. Aber gerade die haben doch bewiesen, daß sie nichts im Schilde führten, was Ihre Behörde nachträglich interessieren könnte. Zum Beispiel ich.«

»Es wäre ein großer Vorteil, wenn wir den zum Suizid entschlossenen Bürger schon vor seinem ersten Versuch aufspüren könnten. Aber finden Sie den mal. Kaum jemand hängt ein solches Vorhaben an die große Glocke, Sie werden das aus eigener Erfahrung wissen. Erst mit seinem Fehlversuch enttarnt er sich und schafft uns die Möglichkeit, Kontakt mit ihm aufzunehmen.«

»Mit anderen Worten, Sie führen lieber eine sinnlose Untersuchung durch als gar keine?«

»So sinnlos auch wieder nicht. Die Zeit zwischen dem ersten Selbstmordversuch und einem möglichen zweiten ist für das Individuum außerordentlich kompliziert. Obwohl Sie selbst ein Betroffener sind, darf ich doch sagen, daß ich mich länger mit der Materie befasse, wenn auch vom anderen Ufer aus.«

Was ich behauptet habe, ist unsinnig – ich kenne ihn nicht aus Filmen, er hat mit diesen Typen nichts zu tun. Er ist ein zierlicher Mensch, dessen Gegenwart niemanden einschüchtert, außer man fühlt sich eingeschüchtert von seinem Auftrag.

»Ich versuche, mich in die Situation des unglücklichen Bürgers zu versetzen«, fährt er fort. »Nach seiner Rettung, die der Ärmste ja nicht als solche empfindet, muß er zunächst feststellen, daß etwas Unvorhergesehenes passiert ist: der Strick, mit dem er sich erhängen wollte, ist gerissen. Er hat sich, anstelle des Halses, nur den Arm gebrochen, wie Sie. Er hat also eine schwerwiegende Fehlkalkulation hinter sich. Sofern er einen neuen Anlauf wagen will, geht er mit sich zu Rate und untersucht seine Versäumnisse, um nicht ein zweitesmal zu scheitern. Gewöhnlich kommt er zu dem Schluß, er brauche nur einen dickeren Strick, ein höheres Fenster, mehr Schlaftabletten. Doch nicht selten stellt er sich auch die Frage: Was habe ich außerdem versäumt?«

»Sie wollen sagen, daß man sich als Wiederholungstäter mehr Gedanken macht?«

»Nach unserer Erkenntnis ist der zweite Selbstmordversuch der bewußtere von beiden. Oft befragt der Mensch sich vorher nach geheimen Gelüsten. Oft holt er diejenigen Wünsche ans Licht, die ihm bislang unerfüllbar zu

sein schienen. Und mancher entdeckt, daß ein ganz verwegener davon sich vielleicht doch noch verwirklichen ließe, so kurz vor dem Ende. Sie verstehen?«
»Nehmen wir an, ich wünschte mir ein Haus am Meer mit vielen Kindern. Warum sollte mir das erschwinglicher vorkommen, wenn ich mich umbringen will? Der Beschluß, sich das Leben zu nehmen, ist das Ende vom Wünschen, mein Herr. Ist das Ihrer Behörde nicht bekannt?«
Er sieht mich aufmerksam an, wie um herauszufinden, ob der Einwand tatsächlich meiner Überzeugung entspricht oder nur eine Finte ist. Dann nimmt er sein Notizbuch vom Tisch und steckt es ohne Eintragung in die Tasche zurück. Offenbar steht sein Urteil über mich fest, und es scheint so unkompliziert zu sein, daß er keine Gedächtnisstütze braucht. Gut oder schlecht?
»Wenn Sie es wünschen, kann ich gern erläutern, worauf ich hinauswollte.«
Seine Worte klingen jetzt ein wenig müde, so als fühlte er sich, nach getaner Arbeit, zu einer Zugabe genötigt. Ängstlichkeit oder Höflichkeit hält mich davon ab, ihm zu sagen, daß er sich die Mühe sparen kann, nicht Neugier. Was kümmert mich sein Urteil, wenn ich entschlossen bin, Die Sache bald zu wiederholen?
»Dem Bürger wohnt eine gewisse Bereitschaft inne, Böses zu tun«, sagt er ohne Schwung. »Auf dieser Basis beruht die Arbeit meiner Behörde. Ein jeder von uns ist sich darüber im klaren, daß wir, die Mitarbeiter der Behörde, keine Ausnahme von dieser Regel bilden, das nebenbei. Um eine solche Bereitschaft nun zu zügeln – gezügelt werden muß sie schließlich –, hat die Gesellschaft

sich ein System von Strafen zugelegt. Geben Sie sich keinen Illusionen über den Bürger hin, Herr Kilian: die meisten Straftaten unterläßt er nur deshalb, weil er nicht bereit ist, die Folgen zu tragen.«
»Möchten Sie etwas trinken?«
»Nein, danke. Nun frage ich Sie: Welche Folgen hat der zum Selbstmord entschlossene Bürger zu fürchten? Verfolgung? Absurd. Gefängnis? Lächerlich. Hinrichtung gar? Grotesk. Es gibt nichts, womit er einzuschüchtern wäre. Er ist zu einer potentiellen Gefahr für die Allgemeinheit geworden, denn das System der Strafen greift bei ihm nicht. Die Gesellschaft hat ihre Macht über ihn verloren, und so gerät er in Versuchung, sich – sagen wir – gottähnlich zu fühlen. Wie ein höheres Wesen, das sich keinen Wunsch zu versagen braucht, auch nicht den abwegigsten.«
»Die Idee ist nicht schlecht«, sage ich.
Er lächelt und rafft sich zu einer Vertraulichkeit auf – er klopft mir dreimal sanft auf den Gips. Derartige Witzchen, so fasse ich die Geste auf, können einen wie ihn nicht irritieren. Nur eins verstehe ich nicht: ist er nicht gekommen, um etwas über mich zu erfahren? Stellt aber keine Fragen und redet ohne Pause, als hätte ihn nur seine Geschwätzigkeit hergetrieben. Kennen die etwa eine Methode, in den Augen ihrer Zuhörer das Nötige zu lesen?
»Eine Frage müssen Sie mir aber noch erlauben«, sagt er, wie um meine Zweifel auszulöschen. »Aus welchem Grund haben Sie eigentlich versucht, Ihr Leben zu beenden? Sie haben doch nichts auszuhalten?«
»Ich möchte nicht darüber sprechen.«

»Niemand kann Sie zwingen.«
»Es ist eine Liebesgeschichte.«
»Das habe ich sofort vermutet, als Sie die Tür geöffnet haben.«
Wahrscheinlich lügt er, doch es bessert meine Stimmung. Ich verstehe, warum er so gut wie keine Fragen stellt: indem er sich nach nichts erkundigt, nimmt er unsereinem die Möglichkeit, ihn zu belügen. Das hieße aber auch, man könnte ihn aus dem Konzept bringen, indem man drauflosredet. Es liegt mir nichts daran, ihn zu verwirren. Wozu sich ohne Not verdächtig machen? Und worüber reden? Ich könnte fragen, wie erfolgreich seine Nachforschungen in der Vergangenheit waren; ob auch nur einer der angesprochenen Selbstmörder so einfältig gewesen ist zu gestehen, daß er Minister oder Omnibusse in die Luft jagen wollte. Und schon würde er wieder sprechen.
Als er aufsteht, bilde ich mir ein, an seinem Hosenbein einen Pistolenabdruck zu erkennen. Aber wer trägt Pistolen auf der Wade? Ich bringe ihn zur Tür, wir geben uns die Hand. Nach dem Abschied bleiben wir aber stehen, denn offensichtlich habe ich noch etwas auf dem Herzen. Er wartet geduldig, bis ich frage: »Wie können Sie sicher sein, daß ich nicht solch ein Mann bin, wie Sie ihn suchen?«
»Ich bin es eben.«
»Obwohl nur Sie die ganze Zeit gesprochen haben?«
»Nochmals besten Dank für Ihre Offenheit«, sagt er nach einem kleinen Zögern und geht die Treppe hinunter. Der Arm tut mir weh. Den ganzen Tag hat er sich nicht gerührt, auf einmal tut er weh. Ich schaue aus dem

Fenster, ich möchte wissen, mit was für Wagen diese Leute fahren. Doch ich entdecke ihn nirgends, nicht links, nicht rechts, obwohl ich lange warte. Wahrscheinlich ist er eine halbe Treppe tiefer umgekehrt, hat den Dachboden erstiegen und ist durch den Schornstein entwichen.

5

Es gelingt mir, eine geschlagene Viertelstunde zu schlafen, dann ist meine Mutter da. Sie sagt »mein Junge«, das habe ich noch nie von ihr gehört, sie tätschelt meine Wange. Sie legt den Arm um meine Schulter und scheint den Tränen nahe; man könnte uns für Mutter und Sohn halten, eher für Bruder und Schwester. Gerührt sage ich, daß sie nur nicht losheulen soll, und sie schafft es. Wir setzen uns in die Küche, sie hört nicht auf, mich ängstlich anzustarren. Dabei verschwindet die letzte von Frau Abrahams Pralinen in ihrem Mund. Ich werde mich hüten, von selbst mit dem Erzählen anzufangen, sie muß schon fragen. Vielleicht hat sie eine Sternstunde und läßt mich in Ruhe. Vielleicht ahnt sie, daß ihr Kommen und ihr Betrübtsein genau das richtige Maß an Anteilnahme sind. Große Hoffnungen.
Mein Blick fällt auf das Küchenfenster, das noch mit Band verklebt ist. Frau Abraham hat es übersehen, falsch, sie wird das Klebeband absichtlich dort gelassen haben, als Schutz vor Zugluft. Sonja hat nur Augen für mich. Als wäre eine dritte Person im Raum, die nichts zu wissen braucht von unseren Geheimnissen, flüstert sie: »Den Arm hast du dir auch gebrochen.«
Ich bestätige das, ohne den Hergang näher zu erläutern. Wir sitzen genau an der Stelle, an der die Katastrophe sich zugetragen hat, mit Sonjas Stuhl zusammen ging es abwärts. Der erste Armbruch in dreißig Jahren, sage ich, das liege bestimmt nicht über dem Durchschnitt. Sie

nickt zu jedem meiner Worte, ernst, als wollte sie mir so mitteilen, daß sie viel Verständnis für meine Extravaganzen hat. Als hätten sie ihr im Krankenhaus gesagt, daß Vorwürfe nicht das Rechte seien bei Fällen wie dem meinen, daß suizidgefährdete Patienten nichts so nötig brauchten wie Geduld und Zuneigung. *Wie soll ich mich denn bloß verhalten, man hat doch kaum Erfahrung in solchen Dingen? Vor allem machen Sie ihm keine Vorwürfe, das ist die Regel Nummer eins*, könnte ihr vom Pfarrer oder von der Nonne geraten worden sein. *Beobachten Sie ihn eine Zeitlang, doch bitte so, daß er nichts merkt.*
»Ich bin bei dir im Krankenhaus gewesen.«
»Ich weiß.«
»Ich habe lange gewartet. Mehr als drei Stunden. Bis dieser kahlköpfige Arzt entschieden hat, daß ich nicht zu dir darf. Anstatt es gleich zu sagen.«
»Ich weiß.«
»Sie wollten dich in einen dieser Säle für tausend Patienten stopfen. Aber ich habe darauf bestanden, daß du ein Einzelzimmer kriegst.«
»Ja, ich weiß.«
»Es war doch richtig?«
»Natürlich war es richtig. Die Rechnung geht doch hoffentlich an mich?«
»Sei nicht albern. Unter uns gesagt – dieser Arzt hat mir nicht gut gefallen.«
»Der Glatzkopf?«
»Ja. Ich stelle ihn mir grobschlächtig vor.«
»Ach, der ist in Ordnung. Er gibt nicht viel auf Äußerlichkeiten, das stimmt schon.«

»Ich habe einen Korb mit Obst dagelassen. Hat man ihn dir gegeben?«
»Ja, ja.«
Sie setzt ihren roten Hut ab, der einer Jakobinermütze ähnelt, groß genug für zwei Jakobiner. Solange ich zurückdenken kann, bevorzugt sie monströse Kleidungsstücke, wobei ihr die neueste Mode gleichgültig ist. Sie wirkt niemals lächerlich, das muß ich hinzufügen; mit Selbstverständlichkeit und Würde trägt sie Blusen, Kleider, Mäntel, in denen andere Frauen aussehen würden wie unterwegs zum Kostümfest. Als Junge konnte ich nie begreifen, daß man sich freiwillig so anziehen kann, wie sie es tat. Lange glaubte ich, sie hätte wenig Geld, sie müßte aus Not diese Lächerlichkeiten tragen, die sich durch ein mir unbekanntes Unglück bei ihr angehäuft hätten. Bis die Großmutter mir erklärte, daß die Kleidungsstücke meiner Mutter besonders viel kosteten, viel mehr als andere, und daß nur Sonjas ausgefallener Geschmack hinter der Auswahl steckte. An einen grünen Umhang mit rosafarbenen Fransen erinnere ich mich besonders lebhaft. Sooft sie ihn trug, machte ich mich aus dem Staub, ich wollte nicht in Zusammenhang mit ihr gebracht werden. Daß in den Witzen meiner Freunde auch Bewunderung mitklang, bemerkte ich erst spät. Sie setzt also den roten Hut ab.
Ich hätte mit ihr ins Zimmer gehen sollen, nicht in die Küche: als ich den Kessel mit Teewasser auf den Herd stelle und das Gas anzünde, fängt sie zu weinen an. Sie schluchzt laut los, als erfasse sie erst jetzt das Ausmaß der Tragödie. Mir steigt das Blut zu Kopf. Ich mache das Gas aus und führe sie ins Zimmer, wer braucht jetzt Tee? Ich

setze sie hin, bleibe hinter ihr stehen und liebe sie wie noch nie. Jetzt könnte sie alles fragen, was sie wollte, ich würde mir Mühe geben, ernsthaft zu antworten. Aber sie weint, ich habe keine Ahnung, was zu tun ist. Ich gehe in die Küche und gebe dem Herd einen Tritt, bevor ich das Wasser wieder aufsetze. Als ich zurückkomme, steht sie am Fenster, mit dem Rücken zum Zimmer, und ist still.
Ich setze mich hin und warte. Bald kommt sie zurück und setzt sich auch, ihre hübsche Nase ist rot wie die eines Säufers. Sie tut etwas vollkommen Sinnloses, sie beugt sich über das Tischchen und kratzt an meinem Gipsarm, wie um zu prüfen, was sich unter der Oberfläche verbirgt. Ich frage, warum sie das tue, sie schüttelt den Kopf, nimmt eine Zigarette vom Tisch und raucht.
Ein Blick auf ihre Armbanduhr zeigt mir, daß ich sofort losgehen müßte, um zur Verabredung mit Sarah pünktlich zu sein. Ich rühre mich nicht von der Stelle, wie kann ich pünktlich sein, wenn ich mit meiner Mutter schweigen muß? Das Schweigen geht vor, gleich wird sie Fragen stellen, dann ist es sowieso vorbei. Sie hat die günstige Gelegenheit versäumt, vorhin beim Weinen.
»Weißt du, wen ich gestern getroffen habe, als ich aus dem Krankenhaus auf die Straße getreten bin? Du kommst nicht drauf, ich laufe Petra Pelzer in die Arme!«
Die Phase ihres Ergriffenseins ist vorüber, mir soll es recht sein. Ja, ich beneide sie um diese Gabe, im Handumdrehen aus einer Traurigkeit herauszufinden. Sie plaudert, als dürfe man es mit dem Gram nicht zu weit treiben. »Du erinnerst dich an Petra Pelzer? Sie war er-

staunlich freundlich, sie hat mich geküßt und vorgeschlagen, zusammen eine Tasse Kaffee zu trinken. Viel Lust hatte ich nicht, aber ich wollte sie nicht vor den Kopf stoßen. Wir haben uns hingesetzt und uns Geschichten von früher erzählt, wie die alten Weiber. Mir tat die Abwechslung eigentlich wohl, du kannst dir denken, wie es nach dem Krankenhausbesuch in mir ausgesehen hat.«
»Das ist ja klar.«
»Wir reden also und reden, nach einer Weile will ich besonders nett sein und sage, wie großartig ich es von ihr finde, daß sie die unerfreuliche Geschichte von damals vergessen hat. Welche Geschichte, fragt sie da und bekommt schmale Augen. Ich hätte nicht daran rühren sollen, aber jetzt war es zu spät, sie bestand auf einer Antwort. Was blieb mir übrig, ich mußte sie daran erinnern, daß Leopold Stark sie einmal meinetwegen verlassen hat. Doch ich wollte es sofort abmildern und sagte, daß es genausogut auch umgekehrt hätte kommen können. Und daß ich mir deswegen niemals etwas eingebildet habe. Und daß es klug von ihr ist, eine so alte Sache zu vergessen. Und weißt du, was diese Person darauf antwortet?«
»Was?«
»Leopold Stark habe nicht meinetwegen sie verlassen, sondern ihretwegen mich! Ich denke, ich höre nicht richtig. Trotzdem sage ich, Schwamm drüber, Petra, wir wollen uns deswegen nicht streiten. Aber sie ist nicht zu halten. Sie fängt an, eine von A bis Z erlogene Geschichte zu erzählen: Wie Leopold von mir zu ihr gezogen ist, wie er verschiedene Sachen bei mir zurückgelassen hat,

die ich nicht herausrücken wollte, wie ich Nacht für Nacht bei ihnen angerufen haben soll! Ist das zu glauben? Dabei ist die Angelegenheit noch keine dreizehn Jahre her.«
Ich kann mich nicht erinnern, jemals von Petra Pelzer gehört zu haben. Der Name Leopold Stark dagegen kommt mir bekannt vor, er gehört zu einem der Männer, die ich vor langem hinter mir gelassen habe. Ich merke, daß es mich doch ein wenig verdrießt, wie schnell und gründlich sie ihren Kummer überwunden hat. Das soll nicht heißen, ich wäre gekränkt oder gar verbittert; ich hatte nur geglaubt, es säße diesmal tiefer. Sie plappert, sie findet das Ende der Geschichte nicht, bald sieht und hört es sich wie eine Parodie an: wie die Darbietung einer glänzenden Schauspielerin, die meine Mutter imitiert. Ich unterbreche sie mit der Frage, ob Leopold Stark nicht dieser Blonde gewesen ist, der immer einen Pekinesen unter dem Arm zu stecken hatte. Er ist es nicht gewesen, erfahre ich, der Mann, von dem ich spreche, heißt Gerhard Vogelsang. Sie fragt, ob Manfred sich noch nicht gemeldet hätte. Als ich verneine, findet sie das merkwürdig. Ich ahne, daß sie mir etwas Neues eingebrockt hat.
»Warum ist es merkwürdig, wenn Manfred sich nicht bei mir meldet?«
»Weil ich es ihm gesagt habe.«
»Was hast du ihm gesagt?«
»Das mit dir natürlich. Ich habe ihn angerufen.«
»Himmelherrgott, wozu mußtest du ihn anrufen!«
»Weil ich finde, daß es ihn etwas angeht, wenn sein Zwilling sich das Leben zu nehmen versucht.«

Im letzten Augenblick kann ich verhindern, daß mein Gipsarm auf den Tisch kracht. Wie kühl sie das gesagt hat. Ich stehe auf, nehme ihre halb gerauchte Zigarette und gehe aus dem Zimmer. In der Küche kocht das Teewasser vor sich hin. Ich schütte es in den Ausguß, vor Manfred hätte ich Die Sache gern geheimgehalten. Ich gehe zurück ins Zimmer, um Sonja anzuschreien.
»Ich möchte wissen, wozu du ihn angerufen hast! Wolltest du um Rat bitten? Wolltest du ihm einen Rat geben? Wolltest du Hand in Hand mit ihm ins Krankenhaus kommen? Hast du gedacht, du machst mir damit eine Freude? Oder wolltest du einfach die Neuigkeit loswerden? Weil es sauschwer ist, so etwas für sich zu behalten?«
»Sprich bitte nicht in diesem Ton mit mir.«
»Wen hast du außerdem noch angerufen?«
»Keinen natürlich.«
»Natürlich ist gut.«
Ihr Gesicht nimmt wieder einen weinerlichen Ausdruck an, diesmal auf andere Weise als vorhin, jetzt ist Kunst im Spiel. Sie warnt mich in der Art von Kindern, die mit Weinen drohen, damit man sie in Ruhe läßt. Ich kann diese alberne Miene nicht sehen, ich gehe zum Fenster und schaue auf den Hof, auf dem noch Kinder spielen, trotz der Dunkelheit. Sarah wartet, und ich plage mich und kriege vor Aufregung rote Ohren.
»Was hat er gesagt?«
»Er hat gesagt: Mein Gott.«
»Vielleicht noch was?«
»Sonst nichts. Ich habe lange gewartet, ich habe auch ein

paarmal hallo gerufen. Vielleicht war etwas mit der Leitung.«
Sie kommt ans Fenster und legt den Arm um meinen Hals, so ist sie. Leise fragt sie, warum mich der Anruf nur so ärgert, und ich kann sie nicht mehr anschreien. Sie streichelt mir übers Haar wie einem Geliebten. Sie läßt nichts aus, sie flüstert: »Ich verstehe, daß du jetzt besonders empfindlich bist.«
Ich sage, daß ich nicht jetzt besonders empfindlich bin, sondern daß ich empfindlich bin. Nachsichtig lächelt sie, als schreibe sie die verworrenen Worte meinem Zustand zu. Minuten später, nachdem ich die Verabredung mit Sarah erwähnt habe, fragt sie, ob ich nicht Lust hätte, für eine Weile zu ihr zu ziehen. In ihr Haus.
»Warum?«
»Ich könnte mich um dich kümmern.«
»Das fehlte noch.«
»Du wärst nicht mehr so einsam.«
»Ich bin nicht einsam. Ich habe soviel am Hals, daß ich zehnmal öfter allein sein möchte, als es sich einrichten läßt.«
»Dann bist du überfordert?«
»Auch das nicht.«
Wieder sieht sie mich erstaunt an: die einzigen Erklärungen, die sie für meine Schandtat hatte, scheinen falsch zu sein. Sie sagt: »Ich dachte, du möchtest es so.«
Und schon spüre ich, daß eine Mutter eben doch etwas Geheimnisvolles ist, trotz allem. Sie geht dir auf die Nerven, sie bringt dich beinah um, und unversehens macht sie dir ein Angebot, daß dir warm ums Herz wird. Mein Leben lang hat sie mich getäuscht, und jetzt erst zeigt

sich ihr wahres Wesen. Ich sage: »Dein Angebot ist so einmalig, daß es einem die Sprache verschlägt. Aber daran liegt es nicht.«
»Was meinst du?«
»Laß uns von etwas anderem reden. Was macht die Arbeit? Wie geht das Filmgeschäft?«
»Na hör mal!« ruft sie und ist im Nu wieder Sonja. »Mein Sohn will sich umbringen, und ich habe nichts Besseres zu tun, als mit ihm ein Schwätzchen über das Filmgeschäft zu halten? Erklär mir bitte, wie eine solche Kurzschlußhandlung möglich war. Ich bestehe darauf! Es war doch eine Kurzschlußhandlung?«
Es wäre die normalste Sache von der Welt, ihr nun zu sagen, daß weitere Anteilnahme nicht mehr nötig ist. Daß ich nur noch Ruhe brauche, einen langen wortlosen Frieden. Doch vor Sekunden war sie mir so eigenartig nah, ich bringe es nicht fertig, sie abzuweisen; mir ist, als müßte ich den Gegenwert für ihr nobles Angebot bezahlen. Ich erzähle, was mir gerade einfällt.
»Ein Außenstehender wird den Vorfall nicht begreifen. Und du bist eine Außenstehende, da können wir uns noch so verbunden fühlen. Ich weiß ja selbst nicht, was passiert ist, ich habe wie in Trance gehandelt. Ich hatte mörderisch viel getrunken in der Nacht.« Das ist natürlich eine Lüge, nicht einen Tropfen hatte ich getrunken, ich war nüchtern wie noch nie. »Schlafen konnte ich nicht, ich hatte einen dicken Kopf. Und ich war deprimiert von sozusagen nichts. Das sagt dir nichts, ich weiß, und trotzdem ist es so gewesen. Ich bin auf die Straße gegangen, doch es war so neblig, daß man kaum atmen konnte. Während ich es dir erzähle, kommt mir selbst

jede Einzelheit unwichtig vor, aber solange man drinsteckt, hat alles ein seltsames Gewicht. Du wirst dich erinnern, was für ein Nebel am Montagmorgen gewesen ist. Ich also zurück in die Wohnung, todmüde, mir war elend und schlecht, und der Kopf wollte zerspringen. In diesem Zustand ist es passiert. Eigentlich bin ich zum Herd gegangen, um Kaffee zu kochen. Am Herd erst kam mir die Idee. Alles war mir so zuwider, daß ich aufgedreht habe. Wenn ich zufällig auf den Balkon getreten wäre, um Blumen zu gießen, wäre ich runtergesprungen, so ein Moment war das. Es hat keinen Sinn, Fragen zu stellen, das ist alles, was ich weiß. Ich bin genauso erschrocken wie du. Und wenn wir nicht sofort gehen, bin ich Sarah los und kann von vorn anfangen.«
Auf der Treppe fragt sie nach dem Ort meiner Verabredung. Ich nenne ihr das Restaurant, da behauptet sie, es liege genau auf ihrem Weg. Ich soll sie mitnehmen.
Erst als ich den Schlüssel in die Autotür stecken will, wird uns beiden bewußt, daß ich ohne linken Arm nicht fahren kann. Wir lächeln und sind übertrieben erheitert, als wäre das Mißgeschick nicht uns zugestoßen, sondern Fremden. Wir besprechen, ob wir zur Bushaltestelle gehen oder lieber ein Taxi suchen sollten, in entgegengesetzter Richtung. Ich habe es eilig und werde hektisch, Sarah muß länger warten, als ich ihr zumuten möchte. Ich hasse es, in Eile zu sein, Eile macht aus allem ein Problem. Ich sage, daß ich diese Situation nur ihr, Sonja, zu verdanken hätte. Sie läßt den Vorwurf ins Leere gehen, indem sie ernsthaft nickt und antwortet, sie fühle sich ziemlich schuldig. Drei besetzte Taxis fahren an uns vorbei, Sarah war schon am Telephon aufgeregt. Wenn Sonja

mich bis zum Treffpunkt begleitet, kann sie mir als leibhaftige Erklärung für das Zuspätkommen nützlich sein. Und ihre Anwesenheit wird Sarahs Zorn dämpfen, allein schon ihre Anwesenheit, Mutter ist schließlich Mutter. Andererseits will ich nicht, daß sie bei uns bleibt, gleich ist Abendbrotzeit.

6

Wir kommen vor dem Restaurant an, als Sarah gerade auf die Straße tritt, vom überlangen Warten aus der Fassung gebracht. Ich halte Sonja am Ärmel fest und deute mit dem Kinn auf Sarahs wütendes Weggehen, damit sie sieht, was sie angerichtet hat. Sofort erfaßt sie die Situation und flüstert zuversichtlich: »Laß mich das erledigen.« Mit trippelnden Schritten holt sie Sarah ein, sie hat noch immer die schönsten Beine. Ich gehe ihr ein paar Meter nach, dann bleibe ich stehen und sehe dem Gespräch der beiden lieber aus der Entfernung zu. Ich will nicht etwa demonstrieren, daß ich an seinem Ausgang mäßig interessiert bin, es ist nur eine Art von Müdigkeit.

Sarah weigert sich konsequent, den Blick dorthin zu richten, wohin Sonja unentwegt zeigt: zu mir. Einmal tut sie es doch, es kann nur der Moment sein, da Sonja meinen Armbruch zum erstenmal erwähnt. Sofort lächle ich wie ein Kellnerlehrling, kann ihren Blick aber nicht festhalten, es ist nicht hell genug für solch feine Einzelheiten. Sekunden später stelle ich mir das äußerste Argument meiner Mutter vor, um Sarah zu versöhnen: Der arme Junge wollte sich mit Gas umbringen, wollen Sie ihm da wegen der kleinen Verspätung böse sein? Und ich werde bei Sonjas nächstem Blick fünf Schritte näher kommen und von neuem lächeln, dann haben wir es wohl wieder mal geschafft. Gütiger Himmel, der Untergang der Welt rückt immer näher, und was tue ich? Ich stehe da,

sehe dem Palaver zu und hoffe auf einen glücklichen Ausgang!
»Hast du Angst vor uns?« ruft Sonja und strahlt mich an, als hätte sie mich vor einem Abgrund gerettet. Wie bin ich erleichtert, ich gehe mit Sonntagsaugen auf sie zu, das Warten hat sich ausgezahlt. Der einzige Mensch von uns dreien, dem das Glück nicht im Gesicht geschrieben steht, ist Sarah. Ich küsse sie zur Begrüßung auf die Stirn. Bevor noch das erste Wort gesprochen ist, quält mich schon Ungeduld, weil meine Mutter sich nicht verzieht. Ich sage: »Da opferst du deine kostbare Zeit für uns, und als Dank laden wir dich nicht einmal zum Essen ein.«
»Ich habe sowieso keine Zeit«, sagt Sonja, rührt sich aber nicht vom Fleck.
Sarah besieht sich das Stück Gips, das aus meinem Mantel hervorschaut. Wo bleibt ihre Wiedersehensfreude, sie ist so ernst, als müßte sie noch immer auf mich warten. Ich frage scheinheilig: »Worüber habt ihr gesprochen?«
»Deine Mutter hat mir erklärt, warum du so spät kommst.«
»Und warum komme ich so spät?«
»Das wirst du früh genug erfahren.«
»Kinder, ich lasse euch jetzt allein«, sagt Sonja endlich. Ich werde flüchtig umarmt, dann nimmt sie Sarahs Hand und sagt zum Abschied: »Das Wichtigste habe ich Ihnen verschwiegen. Es ist besser, er erzählt es Ihnen selbst.«
Sie schreitet davon mit ihrem Geheimnis, und wenn es gerecht im Leben zuginge, müßte sie für diese Worte der Schlag treffen. Ich sehe ihr nach, um unbehelligt über die

nächsten Sekunden zu kommen. Aber schon will Sarah wissen, was denn *das Wichtigste* sei, und ich vertröste sie. Noch immer keine Spur von Wiedersehensfreude, wir wenden uns dem Restaurant zu, der Abend mit Sarah bricht an.

Beim Durchschreiten der Drehtür zwänge ich mich in ihr Abteilchen und kneife sie in den Hintern, den ich über alles liebe. Sie verbittet sich nichts, zeigt aber auch keine Zustimmung. Mein Gott, ich bin schon zwanzigmal zu spät gekommen, und sie ist schon hundertmal zu spät gekommen, noch nie haben wir deswegen Streit gehabt.

Wir finden an demselben Tisch Platz, an dem sie zuvor auf mich gewartet hat; ich erkenne es daran, daß sie ein halbvolles Weinglas vom Tisch nimmt und einen Schluck daraus trinkt. Ich werde etwas bestellen müssen, das sich zum Essen mit einer Hand eignet, leider mag ich keine Suppen. Sarah findet hundert Gelegenheiten, mich nicht anzusehen, den Salzstreuer, dessen verstopfte Löcher sie mit einem Zahnstocher freipiekt, einen Fleck auf ihrem Weinglas, die Speisekarte, die sie während ihrer Wartezeit nicht lesen konnte. Ich lege meine Hand auf ihre Hand und stelle mir im selben Augenblick die Frage, warum ich es tue. Sarah schaut auf unsere beiden Hände wie auf etwas Fremdes. Dann schüttelt sie leicht den Kopf, als wollte sie zum Ausdruck bringen, daß mit dem Handauflegen kein Problem gelöst ist. Sie hätte damit nicht recht.

Wir kommen ohne Reden aus, bis der Ober am Tisch steht. Nachdem er Sarah als alte Bekannte begrüßt und unsere Bestellungen notiert hat, sagt Sarah, daß ihr der Armbruch selbstverständlich leid tue. Es klingt wie eine Einleitung, wie der Beginn eines Satzes, dessen Fortsetzung mit dem Wort *trotzdem* anfängt. Doch sie schweigt, sie dreht sich nach einem Mann um, der zu laut lacht.

In übertriebener Reue entschuldige ich mich für die Verspätung, ich habe Sonjas gekonnten Tonfall noch im Ohr. Wer weiß, was sie ihr erzählt hat, ich sage: »Ich bin sie einfach nicht losgeworden.«

»Damit bin ich längst fertig.«

»Was ist es jetzt?«

»Ich überlege, warum du mir am Telephon verschwiegen hast, daß dein Arm gebrochen ist.«

»Ich habe es nicht verschwiegen, ich habe es nur nicht erwähnt, das ist doch wohl ein Unterschied? Tausend andere Sachen habe ich auch nicht erwähnt.«

»Es steckt eine bestimmte Haltung dahinter. Ich beobachte das seit langem. Eine Haltung, die mich von Tag zu Tag mehr ärgert.«

»Was beobachtest du?«

»Daß du immer unlustiger wirst, mir etwas mitzuteilen.«

»Blödsinn.«

»Was ist das Wichtigste?«

»Das Wichtigste?«

»Stell dich nicht dumm. Was hat deine Mutter damit gemeint?«

»Ach so, davon sprichst du. Das Wichtigste ist, daß wir uns immer gern haben.«

Deutlich erkenne ich, wie sie eine böse Antwort verschluckt; der Geschmack muß scheußlich sein, ihre Augen werden klein und starr davon. Bin ich zum Streiten hier? Ich habe nicht einmal Hunger, wozu mußten wir uns an diesem öden Ort verabreden? Wenn ich ihr sagen könnte, wie gern ich sie umarmen würde, dann wäre manches gut. Wenn ich ihr sagen könnte, wie gern ich mich hinhauen und sie dreimal rundherum abküssen würde. Aber ich kriege den Mund nicht auf. Sie sieht mich so pikiert an, als wären meine schlechten Manieren das Problem. Nicht die endlose Entfernung zwischen uns und nicht die Kälte, sondern meine schlechten Manieren. Wahrscheinlich hat sie beschlossen, nicht das nächste Wort zu sagen, ich kenne dieses Spiel von ihr. Ich nehme eine Zigarette und stelle mich mit den Streichhölzern so lange ungeschickt an, bis sie mir hilft. Zum erstenmal kommt mir der Gedanke, daß der Gipsarm uns Schwierigkeiten machen könnte, später, wenn wir mit dem Essen und mit der Fragerei und mit dem Gereiztsein fertig sind.

Als der Salat gebracht wird, haben wir etwas zu tun. Sarah bricht ihr Spiel ab und erkundigt sich, ob sie mir beim Schneiden helfen soll. Es gibt nichts zu schneiden, die einzige Scheibe Schinken stopfe ich auf einmal in den Mund. Sarah ißt unkonzentriert, sie bereitet einen Satz vor, der mich schon jetzt nicht interessiert. Wir kennen uns seit knapp vier Jahren. Sie war damals neunzehn, ihre Eltern paßten lächerlich streng auf sie auf, ich mußte Himmel und Hölle in Bewegung setzen, um sie da rauszukriegen.

Was wird sie groß sagen wollen, ich schiebe den halben Salat weg, mit dieser Laune hätten wir uns nicht zu treffen brauchen. Wenn ich sie in der ersten Zeit besuchte, hatte ihr Bruder Jakob den würdelosen Auftrag, im

Zimmer herumzulungern und uns nicht aus den Augen zu lassen. Für ihn war das eine Art Indianerbewährung, mich hätte es fast umgebracht. Ich war bereit, mich nach seinen geheimsten Wünschen zu erkundigen und jeden Preis zu zahlen, doch Sarah ließ es nicht zu. Sie sah sich die Schikane dreimal mit an, beim viertenmal gab sie Jakob ein paar Backpfeifen, und er verzog sich. Es war der erste Hinweis darauf, daß ihr etwas an mir lag.
»Warum ißt du den Salat nicht?«
»Ich habe keinen Hunger.«
»Wozu sind wir dann hier? Wir hätten uns bei dir oder bei mir treffen können.«
»Es war dein Vorschlag.«
Ich ziehe den Salat wieder heran und esse weiter, es soll nicht aussehen, als hätte Sarah mir den Appetit verdorben. Wie oft kann man sich dafür entschuldigen, daß man zu spät gekommen ist? Gedankenlos bewege ich den falschen Arm und handle mir einen ordentlichen Schmerz ein. Immer noch würde ich gern mit ihr weggehen, in ein warmes stilles Zimmer, aber es läßt nach. Dieser Fluß kommt mir in den Sinn, dieser arme Fluß, in dem die Schübe sauberen Wassers das Salzwasserleben zerstören. Auch mit hundert Entschuldigungen könnte ich nicht das aus der Welt schaffen, was Sarah an mir auszusetzen hat.
Während des Hauptgerichts kommt es nicht zu Streitigkeiten. Für das Gulasch brauche ich keine Hilfe, außer jemand würde es statt meiner essen. Sarah stellt ein paar nebensächliche Fragen nach dem Verlauf der letzten drei Tage, und ich beantworte jede davon mit einer glaubhaften Lüge. Als sie wieder ihren Anruf in der Redaktion

erwähnt, spüre ich für Augenblicke die Sorge, daß mein gebrochener Arm dort als Entschuldigung fürs Fehlen nicht reichen könnte. Sarah sagt, daß meine Mutter mit jedem Tag jünger aussieht; womöglich glaubt sie, mir damit eine Freude zu bereiten. Von Bissen zu Bissen gleicht sie mehr der mitteilsamen und witzigen Person, die sie bis zur viertletzten Nacht gewesen ist.

Auf einmal bemerke ich, daß sie Sonja verflucht ähnlich ist. Wo hatte ich meinen Verstand bisher? Da geht man jahrelang mit dem Ebenbild seiner Mutter und merkt es nicht.

Sie fragt: »Was ist los? Warum grinst du?«

Ich spreche nicht vom Äußeren, da gibt es wenig zu vergleichen, obwohl sie beide gut aussehen, gut bis sehr gut. Ich spreche vom Wesen und dergleichen. Ich spreche davon, das beide das Verhalten von vielbegehrten Weibern an sich haben. Und begehrt sind sie ja, wenn man es Begehrtsein nennen will, daß lauter Kerle scharf auf sie sind, selbst auf meine Mutter noch, ich weiß das. In unserer ersten Zeit war ich vor allem wegen ihres Aussehens hinter Sarah her, ich will das gar nicht beschönigen. Sie hat es nicht anders erwartet. Daß sie scharfsinnig ist und erfinderisch und manchmal sogar anteilnehmend auf eine wunderbar tröstliche Weise, bedeutet ihr selbst nicht allzu viel. Ich nehme an, sie hält all dies für eine Reihe hübscher Nebeneigenschaften, die wenig wiegen, gemessen an ihrem eigentlichen Merkmal, dem alles überragenden.

Vor kurzem sind wir über ein Problem in Streit geraten, das immer wieder eine Rolle für uns spielt, in wechselnden Varianten: ob man die Sorge um die Zukunft der

Menschheit höher bewerten sollte als die Sorge um ein gelungenes Make-up. Sarah hat mir vorgeworfen, daß ich, nach Demagogenmanier, Wasser und Öl zu mischen versuchte und daß ich außerdem alles und jedes, was auf der weiten Welt an Schlechtigkeit geschieht, persönlich nähme. Sie erkannte darin eine Form von Größenwahn. Sie hat gesagt, dies sei der sicherste Weg, sich jede Sekunde des Tages zu vergällen, denn irgendwo geschehe ständig etwas Schlechtes. Aber ohne sie, ich möge sie damit gefälligst verschonen. Und ich habe ihr vorgeworfen, daß die Kriegsgefahr für sie genau dann rapide abnimmt, wenn sie sich eine neue Bluse kauft. Sie hat zurückgeschrien, daß die Kriegsgefahr noch viel mehr abnimmt, wenn sie die Bluse nicht selbst kaufen muß, sondern wenn jemand sie ihr schenkt. Doch das setze guten Geschmack und Großzügigkeit voraus, und wenn die fehlten, dann bedeute das eine viel größere Gefahr als alles andere. Fünf Tage haben wir kein Wort miteinander gesprochen, und ich fand, daß der Streit es wert war. Doch läßt sich nicht behaupten, er hätte erkennbare Folgen gehabt. Ich will nur sagen, daß Sarah und meine Mutter sich auf phantastische Weise ähneln und daß ich um ein Haar die Welt verlassen hätte, ohne diesen Sachverhalt wahrzunehmen.

Beim Nachtisch teilt Sarah mir mit, daß sie sich von mir trennen wird. Recht hat sie, denke ich, ich würde auch nicht mit jemandem zusammenleben wollen, der kurz zuvor versucht hat, mich auf viel drastischere Weise zu verlassen. Ich fühle, wie mir das Blut in den Kopf steigt, was habe ich verbrochen? Ich sehe ihr entgeistert zu, wie sie Löffel für Löffel der Roten Grütze verdrückt, als sei

alles Wichtige gesagt. Man könnte sie treffen, indem man einfach zahlen, aufstehen und gehen würde, aber wer will sie treffen? Sie frißt die Rote Grütze wie ein Automat, an ihrer Unterlippe hängt ein Tröpfchen Vanillesoße. Ist sie enttäuscht darüber, daß ich nie aufs Heiraten zu sprechen gekommen bin? Warum hat sie nicht damit angefangen, wenn es so wichtig ist? Du liebes Bißchen, man kann in Ruhe über alles reden. Ich erinnere mich an den Augenblick, als sie mir am Telephon Vorwürfe machte: wie ich da überlegte, ob ich die günstige Gelegenheit nicht nutzen sollte, um Schluß zu machen. War ich da in der Rolle des Helden, der immer nur dann mit der Faust droht, wenn der Feind gerade nicht hinsieht? Ich muß irgendwie reagieren, ich kann nicht stundenlang so tun, als sei ich mit meinen Gedanken anderswo, bei wichtigeren Dingen. Nehmen wir an, ihr Entschluß steht nicht so fest, daß er nicht umzustoßen wäre, ich kenne von ihr solche Entschlüsse. Möchte ich ihn umstoßen? Man müßte nach Hause gehen, das Angebot überschlafen und sich am nächsten Morgen noch einmal besprechen. Sie ist mit der Roten Grütze fertig und sieht mich an. Ich denke, daß mir das alles erspart geblieben wäre, wenn nicht am Montagmorgen so dichter Nebel über der Stadt gelegen hätte.
»Interessieren dich meine Gründe nicht?« fragt sie.
»Entschuldige.«
Ich bestelle einen doppelten Schnaps, bevor es losgeht, Sarah möchte nur Kaffee. Wir sehen uns an wie zwei Boxer, die sich eigentlich mögen und nur deshalb aufeinander losgehen müssen, weil sie nun einmal Boxer sind. Während meiner Zeit in der Sportredaktion

habe ich oft über Boxkämpfe geschrieben, ich war auf Boxen spezialisiert und mußte hin und wieder beim Wintersport aushelfen; hundertmal habe ich am Ring gesessen und in den Augen der Boxer diese Situation beobachtet.
»Ich will dir wirklich nicht weh tun.«
»Was sein muß, muß sein.«
»Es tut mir so leid, daß es ausgerechnet in dieser blöden Zeit passieren muß. Aber es wäre nicht anständig, sich zu verstellen. Es wäre feige.«
»Von was für einer Zeit sprichst du?«
»Von deinem Arm. Du hast genug mit dir selbst zu tun, und jetzt noch das.«
Während Sarah erläutert, wie schrecklich schwer ihr der Entschluß gefallen ist und daß sie ihn nicht übereilt, sondern nach einem Zögern gefaßt hat, das womöglich zu lang gewesen ist, bleibt mir Zeit zum Überlegen. Es wird mir klar, warum mich ihre Kündigung härter trifft als jedes andere Ereignis in unseren dreidreiviertel Jahren: weil ich mir nie vorgestellt habe, daß einer wie ich verlassen werden könnte. Wenn schon geschieden werden muß, dann ist das meine Sache, und plötzlich steht alles auf dem Kopf. Ich will mich nicht bezichtigen, einen solchen Plan gehabt zu haben, im Gegenteil, ich habe nie darüber nachgedacht. Doch kommt mir nun zu Bewußtsein, daß ich immer in dieser verschwommenen Überzeugung gelebt habe, in einer Art Unterüberzeugung, falls es so etwas gibt. Wir haben Oktober neunzehnhundertachtzig, ich darf nicht wütend auf Sarah werden wie auf jemanden, der seine Befugnisse überschreitet. Sie hat das Recht, mich zu verlassen, und sie nimmt es in An-

spruch. Ich gefalle ihr nicht mehr, mein Gott, das muß sich überwinden lassen. Oder meine ich verwinden? Ich sage: »Ich verstehe schon, daß du es dir nicht leichtgemacht hast.«
»Du bist so gefaßt.«
»Sieht nur so aus.«
»Nein, wirklich. Es freut mich für uns beide, wie gelassen du bleibst.«
»Sollte ich lieber weinen?«
»Ich sage doch ausdrücklich, daß es mich freut, wie gelassen du bleibst.«
Sie straft mich mit einem Blick, der die Mitteilung enthält, daß unsere Situation sich für Spott und Sarkasmus nicht eignet. Zweifellos hat sie damit recht, ich nicke. Sie sieht sich nach dem Ober um und will nun auch einen Schnaps bestellen, doch ich bitte sie, es nicht zu tun. Ich möchte gehen, ich habe endlich Kopfschmerzen und brauche Luft.
Auf der Straße ist Sarah rücksichtsvoll still. Den Kopfschmerz hält sie für eine verständliche Folge ihrer Worte. Sie hakt mich unter und geht betont langsam, wie eine Schwester, die einen Kranken begleitet. Ich unterstelle, daß es sich um eine Demonstration von Hilfsbereitschaft handelt, die bis zum letzten Augenblick nicht abreißen soll. Ernsthaft überlege ich, ob es nicht klug wäre, mir eine größere Summe von ihr zu pumpen. Diese Hilfsbereitschaft, sie würde ohne Murren ihr ganzes Geld herausrücken, das ist das Komische an ihr.
Nach zwei Ecken geht es besser, der Schmerz bewegt sich allmählich durch meine rechte Schläfe hinaus ins Freie. Andauernd tut mir etwas weh! Ich fühle mich

stark genug für die Abrechnung, ich sage: »Sarah, wir können weitermachen.«
Trotzdem bleibt sie noch einen halben Häuserblock lang stumm, das ist nun ihre Pause. Schließlich fragt sie zum zweitenmal, ob ich mich nicht für ihre Gründe interessiere. Ich antworte, daß ich vor Neugier fast vergehe. Wieder sieht sie mich mit diesem strengen Blick an. Wir biegen in eine Straße, in der die Laternen besonders weit auseinanderstehen.
Sarahs erste Sätze sind ein Umweg, sofort als solcher erkennbar und reichlich weit. Wozu muß sie mir gerade jetzt erklären, daß es keine Schande ist, ein Leben in Harmonie führen zu wollen? Als ob ich etwas gegen Harmonie hätte, ausgerechnet ich! Aber ich falle ihr nicht ins Wort, ich höre mir ruhig an, daß es verschiedene Grade von Zufriedenheit gibt. Und daß für Leute, die lange miteinander auskommen wollen, nichts so wichtig ist wie eine Ähnlichkeit ihrer Ansprüche. Will sie philosophieren oder will sie sich von mir trennen? Wenn sie einen Mann kennengelernt hat, der ihr besser gefällt als ich, dann soll sie es endlich sagen!
Sie senkt die Stimme. Ich werde davon unterrichtet, daß jedes Verhältnis zwischen Mann und Frau auf die Dauer scheitern muß, wenn der eine Partner den anderen, ihr falle leider kein besseres Wort ein, sagt sie kaum hörbar, verachtet. Endlich ein Hinweis auf uns beide, denke ich. Im selben Moment verstehe ich, daß unser Häuschen deshalb zusammenstürzt, weil ich Sarah nie ernst genug genommen habe.
»Ich verachte dich doch nicht«, sage ich.
»Und ob du das tust.«

»Ein Witz ist das.«
»Wenn ich es früher begriffen hätte, dann hätten wir uns früher getrennt. Ich habe merkwürdig lange gebraucht.«
»Trotzdem warst du schneller als ich. Ich begreife immer noch nichts.«
»Du bist auch nicht der Betroffene. Also hat es für dich keine Eile.«
Wir bleiben stehen, weil gerade eine Laterne da ist, wir haben uns todernst anzusehen. Sarah kramt Zigaretten aus ihrer Handtasche, zündet ungebeten auch eine für mich an und steckt sie mir zwischen die Lippen. Ein alter Herr kommt dicht an uns vorbei, ein Fahrrad schiebend, dessen Vorderreifen ohne Luft ist. Die Panne muß eben erst passiert sein, seine Hosenbeine sind noch hochgekrempelt. Wenn ich versuchen würde, sie zu küssen, käme nichts als Ärger heraus, das ist offensichtlich. Bin ich bereit, sie anders als bisher zu behandeln? Ich meine, wäre ich es, wenn sie sich noch vor mir behandeln ließe? Wir gehen weiter.
»Ich lebe in einer unteren Welt und du in einer oberen«, sagt Sarah, schon wieder kenne ich den Rest. »Unsereins kümmert sich um Dinge, die für euch oben lächerliche Kleinigkeiten sind.« Sind sie ja auch. »Kleider, Schuhe, Urlaub, Kino, Wochenenden. Solches Zeug frißt unsere ganze Aufmerksamkeit, aber für euch ist das alles Dreck. Ihr habt pausenlos das Schicksal der Menschheit im Auge. Während ich mir die Hacken nach einem braunen Halstuch mit grünen Punkten ablaufe, sorgst du dich um die Überbevölkerung der Erde. Ist natürlich wichtiger, wer wollte das bezweifeln. Während ich mich freue, daß ich endlich die Stehlampe mit dem indirekten Licht ge-

funden habe, mußt du an die Zerstörung der Ozonschicht denken. Ist natürlich auch wichtiger. Ich habe nicht weniger Angst vor Krieg und Hunger und Schmutz und Strahlen als du, das kannst du ruhig mal wissen. Aber du machst mich damit schon fertig, bevor es soweit ist! Und zwar auf zweierlei Weise: einmal mit dieser Verachtung, das anderemal damit, daß ich mir selber mit der Zeit minderwertig vorkomme. Wenn ich Fichtennadelessenz ins Badewasser schütte, ist mir das inzwischen peinlich. Früher war es ein reines Vergnügen, in die Wanne zu steigen, aber jetzt denke ich, daß es eigentlich nicht recht ist, in der Wanne zu liegen, während Kilian sich mit so scheußlichen Problemen herumschlagen muß. Seit ich dich kenne, geht allmählich der Spaß aus meinem Leben raus. Die schönsten Dinge werden schwer und düster. Man traut sich in deiner Gegenwart nicht mehr zu kichern. Wenn es wenigstens von Nutzen wäre, so ohne Vergnügen zu sein. Wenn irgend etwas davon besser würde.«

Nur flüchtig denke ich, daß ich ihr widersprechen sollte. Selbstverständlich hat sie unrecht. Was für sie wie ein unerträglich großes Maß an Ernst aussieht, ist in Wirklichkeit das Ende von unerträglich großem Unernst. Wozu soll ich mit ihr darüber streiten, jetzt noch? Mit meiner ganzen Geduld habe ich versucht, sie aus dem riesigen See der Interesselosigkeit herauszuziehen. Aus einem See, auf dessen Grund sie alles Vergnügen der Welt zu finden hoffte. Nun stellt sich heraus, daß ich damit keinen Erfolg hatte, schon wieder Schiffbruch, sie möchte nicht gerettet werden.

Ein neuer Vorwurf: daß ich sie durch ständige Beeinflussung dazu gebracht habe, meine Ängste nachzubeten. Auch solche Ängste, die sie gar nicht hat. Sie nennt die Beeinflussung gewalttätig und meint, die einzige Methode, um davon loszukommen, sei, sich von mir zu trennen. Wahrscheinlich hat sie recht, doch einen Grund, stolz darauf zu sein, sehe ich weit und breit nicht. Ich sage mir, daß es unmöglich ist, in letzter Minute nachzuholen, was mir in dreidreiviertel Jahren nicht gelungen ist, ich halte den Mund. Ich mache meinen Arm, den sie beharrlich hält, von ihr los. Wie kann sie darüber glücklich sein, in ihren alten Zustand zurückzuplumpsen? Dann muß ich daran denken, wohin mich meine Überlegenheit geführt hat. Und schon wird in dem Schloß, das mir den Mund zuhält, der Schlüssel zum zweitenmal herumgedreht.

Weil es zu nieseln anfängt, setzen wir uns in das trostloseste Café der Stadt. Wir sind die einzigen Gäste. Hinter dem Tresen, zwischen Bergen von buntem Kuchen, sitzt ein dicker Kerl und sieht uns hoffnungsvoll entgegen. Kühl ist es, wir ziehen die Mäntel nicht aus. Zumindest muß Sarah hier hübsch leise sprechen, jedes Wort schallt durch die Totenhalle. Ihre Vorwürfe werden davon milder. Ich komme mir wie in einem Kriminalfilm vor, dessen Auflösung zuvor in allen Zeitungen gestanden hat.

»Wenn ich sage, daß du mich verachtest«, flüstert Sarah, »dann soll das keine Beschuldigung sein. Ich beklage mich nicht, ich teile dir eine Erkenntnis mit. Du verachtest mich ja nicht, weil du es dir vorgenommen hättest. Und du verachtest mich nicht so, wie man jemanden für eine Schlechtigkeit verachtet. Dich stört, daß ich deinen

Vorstellungen nicht entspreche, und mich stören deine Vorstellungen. Wahrscheinlich hast du am Anfang noch geglaubt, du würdest mich schon hinkriegen. Inzwischen glaubst du das nicht mehr, du hast dich mit mir abgefunden. Du hast dich damit abgefunden, mit einer blöden Ziege zusammenzusein. Ich muß dir nicht sagen, daß du mir fehlen wirst und so weiter. Aber im Augenblick kommt es mir vor, als ob ich mich von der großen Last befreien müßte, unbedingt. Hoffentlich sehe ich das morgen nicht anders.«

Kein Wort werde ich sagen, bis zum Ende werde ich dasitzen und schweigen und geknickt aussehen. Von meiner Stimmung soll sich Sarah genau das Bild machen, das ihr das liebste ist. Ich schenke es ihr zum Abschied. Ich werde die Klappe halten, bis unsere Trennungszeremonie vorüber ist, was soll denn groß noch folgen? Ohnehin hat einer im Zustand des Verlassenwerdens kaum Aussichten, etwas Imponierendes zu sagen; er kann um Gnade winseln, er kann auch Erleichterung heucheln, als hätte er die Trennung von sich aus schon geplant. Oder er kann, weil es auf nichts mehr ankommt, versuchen, all die Vorwürfe und Flüche loszuwerden, für die ihm jahrelang die Courage gefehlt hat. Keine der drei Möglichkeiten juckt mich, das schwöre ich, am ehesten käme noch die mittlere in Frage. Meine Aufregung, die so großartig angefangen hat, ist dahin.

Daß Sarah sich mit ihren letzten Worten eine Hintertür offenlassen möchte, ist verständlich; doch nagt es jetzt schon an der guten Erinnerung, in der ich sie behalten will. *Hoffentlich sehe ich das morgen nicht anders!* Ich wünsche ihr, daß sie nicht vergeblich hofft, sonst steht

ihr eine Enttäuschung bevor: sie wird am Hintertürchen rütteln und es verschlossen finden. Denkt sie im Ernst, sie kann mich als Notgroschen zurücklassen? Bildet sie sich im Ernst ein, ich stehe wieder zu ihrer Verfügung, falls die Dinge sich ungünstig entwickeln?
Sie fragt, ob ich zu ihren Mitteilungen nichts sagen möchte. Ich schüttle den Kopf. Den Spaß am Leben mache ich ihr kaputt! Ich werde mich hüten, es noch einmal zu tun, sie soll den Spaß am Leben von nun an ungestört genießen. Ich mache sie mit meinen Ängsten vor Strahlen, Krieg und Schmutz schon fertig, bevor es soweit ist! Diesen Vorwurf werde ich auf eine Pappe pinseln und zu Hause an die Wand hängen. Wenn mich jemals die Sehnsucht plagen sollte, dann brauche ich nur aus dem Bett zu steigen, das Licht auszumachen und einen Blick zur Wand zu werfen.
Sie fragt, ob ich im Winter nun trotzdem in die Berge fahren werde. Ich zucke mit den Schultern, woher soll ich das wissen? Zwei alte Leute kommen herein, ich glaube, zwei Männer. Sie schütteln sich und lassen ihre Schirme neben der Tür stehen, aufgespannt. Auch sie behalten die Mäntel an, es ist wirklich merkwürdig kalt für eine Kaffeestube. Die Wahrheit ist, daß ich sie in den nächsten tausend Nächten erbärmlich vermissen werde. Unter ihren Kleidern wimmelt es von Stellen, die mir jetzt schon fehlen. Von kleinen und großen und weichen und runden und festen, wir waren immer genau wie Docht und Funken. Nein, ich halte die Klappe, ich sehe sie nicht mal mehr an. Ich werde mich nicht wegen ein paar Stellen im Staube vor ihr wälzen. Und dabei weiß ich, daß meine Suche nach Ersatz erfolglos sein wird, zumindest lang

und mühsam. Wo steht geschrieben, daß ich überhaupt noch suchen muß? Weil ich erst dreißig bin? Und was ist mit Der Sache? Immer wenn einer von uns Gänsehaut bekam, kriegte der andere sofort Gänsehaut.

Sie erzählt von ihren Plänen für die nächste Zeit, die ich alle längst kenne und die mich bisher schon nicht interessiert haben. Die Fakultät will sie wechseln, na großartig. Sie redet, als liege die Angelegenheit mit der Trennung hinter uns, erledigt und vergessen, als hätten wir schon das nächste Thema beim Wickel. Gleich wird sie sagen, daß wir immer gute Freunde bleiben sollten, dann kann ich zeigen, wieviel Selbstbeherrschung ich besitze. Ich beuge mich zurück und sehe unter dem Tisch zufällig ihr Knie. Mein Blick klebt fest, ich kriege ihn von dem Knie nicht los. Ich starre gebannt auf das gute runde Knie, als könne nur von dorther die Rettung für meine Seele kommen. Nie trägt sie lange Hosen, immer nur Röcke, in unseren letzten Sekunden muß mich ihr verdammtes Knie erwischen! Sie plappert wie in alten Zeiten. Nur daß wir uns eben getrennt haben. Meine Mutter hat immer entsetzliche Migräne gekriegt, wenn ihr eine Liebesgeschichte in die Brüche gegangen ist. In solchen Augenblicken habe ich mich ihr besonders nah gefühlt. Ich stehe auf und gehe auf einem Strich zur Ausgangstür. Sarah schweigt vor Erstaunen, sie kann auch mal den Kaffee bezahlen.

7

Die Donnerstage sind mir die liebsten Tage, ich habe oft genug alle durchprobiert. Zu Hause hatte jeder von uns ein Lieblingsetwas: bei meiner Mutter waren es Vogelfedern und die Farbe Lavendel, Großmutter erklärte Bernstein zu ihrem Glücksstein, mein Bruder Manfred verließ sich auf einen kleinen Totenkopf aus Messing. Übrigens trägt er ihn heute noch in der Hosentasche. Nur ich hatte lange Zeit rein gar nichts, kein Amulett und keinen Zauberspruch und keinen Aronstab. Nicht etwa, daß ich der helfenden Kraft solcher Dinge mißtraute, und nicht etwa, daß ich ihrer nicht bedurft hätte, nur glaubte ich, daß nicht alles zu jedem paßt. Es galt, aus der großen Anzahl von Möglichkeiten meinen ganz persönlichen Glücksbringer herauszufinden, und den konnte ich lange nicht entdecken. Bis mir an drei aufeinanderfolgenden Donnerstagen etwas Gutes zustieß, ich war schon dreizehn. Ich verstand das Zeichen und griff zu, ich hatte nun auch meinen Talisman: die Donnerstage garantierten mir in jeder Woche zumindest ein kleines Glück. Heute ist also Donnerstag.
Ich wache auf dem Fußboden auf. Ich war am Mittwochabend nicht betrunken, ich bin kein Schlafwandler, ich bin normal zu Bett gegangen und eingeschlafen – ich wache auf dem Fußboden auf. Der Gips ist nicht zerbrochen, vermutlich bin ich sanft aus dem Bett geglitten, habe die Decke mitgezogen und bin in irgendeinem Traum geblieben.

Im Badezimmer vermisse ich die linke Hand am meisten; ständig gibt es zwei Dinge zu bewegen, fortwährend gehören zwei Verrichtungen zueinander, andauernd will etwas festgehalten werden. Ich beschließe, mich heute nicht zu waschen. Bis die Armgeschichte erledigt ist, werde ich mit einem hygienischen Notprogramm auskommen.

Erst beim Zähneputzen fällt mir ein, daß heute der erste Tag nach Sarah ist. Donnerstag. Ihre Zahnbürste liegt da, im Schrank hängen ein paar Klamotten von ihr; sogar Handtücher hat sie deponiert, weil ihr meine nicht flauschig genug sind. Auch ich habe noch Zeug bei ihr, Schuhe, Unterhosen, Bücher. Mein Bademantel ist leider auch noch dort. Ich glaube, daß Sarah ihr Eigentum selbst dann nicht zurückfordern würde, wenn es aus purem Gold wäre, sie hielte das für kleinlich. Mir bleibt die Wahl, entweder als kleinlich dazustehen oder auf meinen Bademantel zu verzichten, den einzigen, zu dem ich mich je durchringen konnte. In der Küche wird mir klar, daß ich auf lange Sicht die Fähigkeit verloren habe, mich unbefangen einem Gasherd zu nähern. Das ist kein Unglück, aber auch kein Glück.

Ich quäle mich mit Brot und harter Butter, ich brauchte einen Schraubstock zum Broteinspannen. Wenn ich Die Sache nun an einem Donnerstag in die Hand genommen hätte!, schießt es mir durch den Kopf. Ich denke: Na los, du Niete, heute ist doch einer dieser Tage, an denen dir fast jede Unternehmung glückt! Aber ich lächle darüber wie über ein Hirngespinst. Sollte etwa schon, über meinen Kopf hinweg, entschieden worden sein, daß sich Die Sache erledigt hat? Wo bin ich bei dieser Entscheidung

gewesen, warum hat man mich nicht angehört? Ich denke: Es liegt an dir, ein Exempel zu statuieren – du kennst die beste Möglichkeit, zu zeigen, daß man so mit dir nicht umspringen darf. Na los!
Ich sitze regungslos da, wie ein Klotz, den selbst die besten Argumente nicht in Bewegung setzen können. So einfach geht das wirklich nicht, frisch drauflos und aus dem Stand. Wer glaubt, man steht ohne Vorbereitung auf, geht zum Herd, dreht die Hähne bis zum Anschlag nach links und setzt sich ruhig wieder hin, der hat so etwas noch nie gemacht. Der weiß nicht, daß wochenlange Vorarbeit dazugehört, ein allmähliches Überwinden von Furcht, ein mühsames Erlernen der Fähigkeit, nicht nur an die nächsten Minuten und Tage zu denken, sondern an die lange Zeit danach. Ein Boxer bereitet sich auch nicht mit einemmal auf alle Kämpfe der Zukunft vor, er hat beim Training nur einen ganz bestimmten im Auge. Der Kampf, dem meine Vorbereitung gegolten hatte, ist durch den Nebel und Frau Abraham vermasselt worden. Ich kann ihn nicht beliebig wiederholen, ich bin nicht mehr so gut in Form. Die Sache läuft nicht weg, entscheide ich, ich will bei passender Gelegenheit noch einmal alles Für und Wider prüfen. Ich lasse mich nicht jagen. Angst, daß es keine passende Gelegenheit mehr geben könnte, wäre überflüssig. Ich brauche nur die Wohnung zu verlassen oder die Zeitung aufzuschlagen, schon überstürzen sich die Gelegenheiten. Sowieso habe ich beschlossen, daß Gas für mich nicht mehr in Frage kommt, auch nicht an Donnerstagen.
Das Problem ist, ob ich heute zu Hause bleibe oder in die Redaktion gehe. Vom juristischen Standpunkt aus hätte

ich wohl Anspruch darauf, faul zu sein, ich meine vom medizinischen. Gestern früh noch auf der Selbstmörderstation und heute im Dienst, das kann niemand verlangen. Allein der gebrochene Arm müßte für mindestens eine Woche gut sein. Donnerstag. Was ist nun Glück – zu gehen oder nicht zu gehen?
Ich muß zugeben, daß die Jungs überraschend zurückhaltend sind und einen nicht mit übertriebener Fürsorge fertigmachen. Alle naselang streicht jemand durch die Büros und sucht einen Dummen für Krankenbesuche, ich selbst habe mindestens zehn Stück hinter mir. Pralinen oder Wein unterm Arm, sie sammeln siebzehn Pfennig und sagen einem, man soll was Hübsches dafür kaufen. So selten wie ich hat sich keiner gedrückt, in der ganzen Redaktion nicht, ich war der Krankenbesucher vom Dienst. Jetzt kommt mir das endlich zugute.
Drei Kreuze werde ich machen, wenn die den Gipsarm als Erklärung gelten lassen, doch woher sollten sie es besser wissen? So weit wird meine Mutter nicht gegangen sein, daß sie auch in der Redaktion angerufen hat, sie kennt dort keine Menschenseele. Und im Krankenhaus haben sie nicht gewußt, wo ich arbeite. Höchstens dieser besorgte Herr vom Staat, ich kenne nicht einmal seinen Namen, Herr Alptraum; der könnte, im Interesse der nationalen Sicherheit, in der Redaktion aufgekreuzt sein und ein indiskretes Wort verloren haben. Ich will nicht zu früh jammern, am Ende stellt mir niemand eine Frage, nicht einmal nach dem Arm, so wichtig bin ich nicht mit meinen paar Geheimnissen.
Im vorigen Winter hatte ich den letzten Krankenbesuch zu absolvieren. Die halbe Zeitung lag mit Grippe im

Bett, Typ Hongkong, ich hatte meine eigene gerade überstanden und galt als immun. Auch ohne genügend Antikörperchen wäre ich mit der Berufung einverstanden gewesen, denn die Kranke war meine Lieblingskollegin Gerti Mangold. Sie sitzt noch immer in der Sportredaktion, gern hätte ich sie damals zu den Nachrichten mitgenommen, daran war nicht zu denken. Gerti hat den lautersten Charakter, den man sich vorstellen kann, und wenn sie nicht so schaurige Schwierigkeiten mit Fremdwörtern hätte, wäre sie die ideale Sekretärin. Ich kaufte einen Blumentopf für fünfunddreißig Mark, aus eigener Tasche, er sollte Gertis Grippe überdauern.

Nie werde ich vergessen, wie zufrieden mich ihre fiebrigen Augen ansahen, als ich die Redaktionspralinen auf den Tisch legte und sagte, ich hätte als Drittes noch Stunden an Zeit mitgebracht. Alle behaupten, sie sei häßlich, das trifft zu oder nicht, mir ist es jedenfalls egal. Sie hat das weichste Herz, sie merkt sofort, wenn man einen schlechten Tag erwischt hat, sie kann einen wunderbar in Ruhe lassen. Wir hatten uns viel zu erzählen, denn seit wir in verschiedenen Redaktionen saßen, traf man sich kaum mehr. Ich fragte sie über den Stand der Dinge beim Sport aus, sie wollte alles über die Nachrichten wissen, schließlich fingen wir an, über alte Zeiten zu reden. Vor Jahren, als wir beide noch schön zusammen beim Sport waren, ist die Zeitung einmal auf einen Dampfer gestiegen, von der ersten bis zur letzten Seite, und es ging hinaus auf die Flüsse. Uns beide verbindet eine besondere Erinnerung an diesen Ausflug: auf der Rückfahrt mußte ich Dietmar Pingel von der Kultur zwei auf die Nase geben, weil Gerti an kaum einer Stelle ihres Körpers vor

seinen Fingern sicher war. Gerti besaß eine Mappe mit Bildern von dieser Dampferfahrt, die wollte ich natürlich sehen. Sie deutete auf ein Schränkchen, aus dem ich sie holen sollte. Kaum fing ich an, darin zu kramen, fiel lauter Zeug heraus, eine Sturzflut aus Papieren, Bildern, Briefen und Schnittmustern von einem halben Leben. Gerti rief »Heiliger Strohsack!« und sprang aus dem Bett und räumte den Krempel wieder ein. Ich hockte neben ihr und ließ sie machen, sie sah in dem Hügelchen eine Ordnung, die mir verborgen war. Sie hatte wenig an, das muß ich zugeben, auffallend wenig. Als sie mir geöffnet hatte, trug sie einen Morgenrock, der jetzt an allen Ecken und Enden fehlte. Doch wären wir beide leicht damit fertiggeworden, wenn nicht ein Mann in diesem Augenblick die Zimmertür aufgestoßen hätte. Es kam mir seltsam vor, wie heftig die Tür aufflog, als wüßte der Mann schon vorher, daß in dem Zimmer etwas nicht stimmte. Gerti verlor die Geistesgegenwart und flüchtete ins Bett, das machte alles nur schlimmer. Ich erhob mich, was sollte ich tun, ich wollte auf keinen Fall zu früh mit den Erklärungen einsetzen. Wie hält man die Arme, wenn man ein reines Gewissen hat? Ich sah freundlich dem Mann entgegen, der fassungsloser als nötig in der Tür stand.
Die Küchenuhr zeigt neun. Ich muß entscheiden, ob ich in die Redaktion gehe oder nicht. Andauernd werden mir Probleme aufgehalst, die andere zu lösen hätten: Wenn einer krank ist, gehört es sich ja wohl, daß man ihn krankschreibt! Mich hat keiner krankgeschrieben, mir hat keiner gesagt, wann ich wieder zu arbeiten habe, mir hat kein Mensch auch nur den kleinsten Hinweis gege-

ben. Als hätten sie mich von der Liste der Hinweisempfänger gestrichen. Auch das ist mir recht, ich brauche nur in mich hineinzuhorchen, und schon erhalte ich alle Informationen, die zum Entscheiden nötig sind. Ich horche, ich horche noch einmal, das Resultat ist seltsam: ich möchte nicht zu Hause bleiben, ich möchte aber auch nicht nicht zu Hause bleiben. Dann eben anders, ich sehe auf die Küchenuhr. Der Sekundenzeiger bewegt sich deutlich in der linken Hälfte, ich bin krank.
Der eifersüchtige Mann keuchte vor Aufregung. Er sah großartig aus, ein besonders schöner hellhäutiger Mensch mit grünen Augen. Ich wunderte mich, ehrlich gesagt, bei Gerti solch einen Mann zu finden. Schon bevor er sprach, war er mir sympathisch, ich dachte, endlich mal einer, dem nicht bloß spitze Busen und kleine Füße wichtig sind. Ich hatte geglaubt, daß sie allein lebte, ich freute mich für Gerti über das Bild von einem Mann. Wenn er nur weniger entrüstet gewesen wäre. Als er endlich fragte, was wir hier getrieben hätten, merkte ich, daß er nicht nüchtern war. Gerti erklärte ihm die Lage, die Bettdecke bis unters Kinn gezogen, doch er hörte ihr nicht zu. Er richtete die grünen Augen auf mich, seinen Hauptfeind, und schon war Gerti vergessen; in seinem Zustand war es unmöglich, gleichzeitig mich anzusehen und Gerti zuzuhören. Sie erzählte schnell und zehnmal mehr, als zu erklären war, so kannte ich sie gar nicht. Ich verstand nur eins: wie gern sie wollte, daß er sich beruhigte. Er aber fing an, auf mich loszugehen. Mit seinen Beinen war etwas nicht in Ordnung, er hinkte auf eine Weise, wie ich es nie zuvor gesehen hatte. Sie waren verwachsen oder aus Holz, er knickte bei jedem zweiten

Schritt so stark in der Hüfte ab, daß es ihn beinah umwarf. Mir zerriß das Herz, er kam kaum von der Stelle, ich konnte ihm doch nicht entgegengehen. Ich erinnere mich genau, daß mein Mitleid Gerti galt, nicht ihm. Sie zuckte ratlos mit den Schultern zu mir hin und wagte nicht, das Bett noch einmal zu verlassen. Nach einer Ewigkeit erreichte der Mann mich und griff mit beiden Händen meine Jacke. Einen Moment lang glaubte ich, er wollte sich festhalten nach dem langen Weg, aber er schüttelte mich aus Leibeskräften, ohne ein Wort zu sagen. Aus der Nähe sah und roch ich, daß er sehr betrunken war; Tage später erzählte mir Gerti, daß er in nüchternem Zustand fast gehen könne wie ein normaler Mensch. Ein paarmal rief ich, er möge sich beruhigen, er schüttelte mich aber weiter, in der verbissenen Art von Betrunkenen, die allein deshalb bei einer Tätigkeit bleiben, weil sie nun einmal damit angefangen haben. Gerti sagte, ich sollte jetzt vielleicht besser gehen, ich war ihr nicht besonders dankbar für diesen Rat. Solange er mich nur schüttelte, konnte ich hoffen, daß er bald ermüden würde. Ich mußte aber auf seine Hände achten, falls er auf die Idee kam, mich zu schlagen. Gerti wiederholte, daß ich gehen sollte, und ich gab ihr nur deshalb keine Antwort, weil ich ihren Freund nicht noch mehr reizen wollte. Obwohl ich mich nicht ernsthaft bedroht fühlte, war die Situation quälend. Tatsächlich wurden seine Armbewegungen schwächer, dafür bewegte er nun bei jedem Stoß seinen Kopf; er fiel ihm vor und zurück, so als schüttelte er immer weniger mich und immer mehr sich selbst. Er kam mir wie in Ekstase vor, und ich dachte, das könne nicht nur der Schnaps sein.

Da Gerti uns nicht half, ergriff ich mit beiden Händen seine Schultern und rüttelte nun ihn. Doch nur einmal, vielleicht brachte ihn der Ruck zur Besinnung. Dazu rief ich etwas wie: »Hören Sie endlich auf damit!« Er hörte auf. Zwar ließ er meine Jacke nicht los, doch stand er schlagartig still und schloß die Augen. Ich vermutete, daß ihm schwindlig war und daß er mich nur deshalb nicht losließ. Ich sagte etwas wie: »Sie haben wirklich keinen Grund, sich aufzuregen.« Hinter seinem Rücken gab Gerti mir Handzeichen, daß ich schnell verschwinden sollte. Das hatte ich auch vor, nur hielt ich es nicht mehr für nötig, das Weggehen wie eine Flucht aussehen zu lassen. Auch Gerti konnte das nicht wünschen. Ich nickte ihr beruhigend zu, das Allerschlimmste schien hinter uns zu liegen. Der Mann öffnete die Augen wieder, er hatte Mühe, mich scharf zu sehen. Ich versuchte ein Lächeln und nahm sofort die Hände von seinen Schultern, er mußte mich nun auch loslassen. Doch was tat er? Er stieß urplötzlich die Stirn gegen meine Nase, mit voller Kraft. Sie brannte mir im Gesicht, sekundenlang war ich blind, ich taumelte zurück, nun losgelassen. Ich zog das Taschentuch heraus und mußte Tränen fortwischen und Blut aufhalten, das mir aus der Nase rann. Ich hörte ihn »du Dreckschwein« lallen, ich hörte Gertis Schrei im Nachklang, es kann auch mein eigener gewesen sein. Ich hatte Angst um meine Nase, ich fürchtete, sie sei gebrochen und ich müßte jetzt aussehen wie die armen Kerle, über die ich früher Woche für Woche berichtet hatte, wie die Boxer. Ich hätte Gerti umbringen können. Ich wollte zur Tür und stolperte über den Rest des verwünschten Papierhaufens. Schließlich fand ich aus dem Zimmer hinaus und aus der Wohnung. Niemand kam hinter mir her. Auf der Treppe wackelte ich an der Nase herum und stellte fest, daß sie nicht gebrochen war. Die Freude darüber hatte ich bitter nötig, mein Taschentuch sah aus, als sei es in rote Farbe gefallen. Wie gesagt, das war mein letzter Krankenbesuch.

Das Telephon klingelt, ein Mann mit zittrig alter Stimme wünscht Frau Abraham zu sprechen. Ich erkläre, was zu erklären ist. Donnerstag. Seit ich nicht zur Arbeit gehe, habe ich viel Zeit, trotzdem komme ich mit dem Anziehen ekelhaft langsam vorwärts. Es ist das erste Anziehen ohne Hilfe, gestern früh noch hat eine Nonne die meisten Handgriffe erledigt. Am schwersten fällt mir das Schuhezubinden. Irgendwo muß ein Paar Slipper herumstehen. Nicht in der Rumpelkammer und nicht im Schuhschrank, vielleicht bei Sarah hinterm Vorhang. Ich stelle meine Schuhe auf den Tisch, so kann ich auch die linke Hand dazunehmen. Dann zwänge ich mich in die zugebundenen Schuhe, wie in Slipper.

Es erwartet mich nichts auf der Straße, außer dem Donnerstagswetter, frühe Sonne. Lieber habe ich unter freiem Himmel nichts zu tun als in der Wohnung, man kommt sich weniger unbeweglich vor. Auf der Sonnenseite ahne ich, daß Die Sache sich niemals im Freien erledigen ließe; daß ich wohl unbedingt Wände, vor allem eine Decke brauchte. Diverse Möglichkeiten scheiden somit aus.

In den dicken Staub meines Autos ist, von einem Kinderfinger, eine Mitteilung gekritzelt: *Wasch mich!* Ich war schon eine Ewigkeit nicht mehr ohne Ziel auf der Straße, es geht sich ungewohnt. Eine Weile bilde ich mir ein, aufs

Geratewohl zu spazieren, bis mir an einer Kreuzung klar wird, daß ich den kürzesten Weg zum Park eingeschlagen habe. Park ist in Ordnung, Donnerstag. Die letzten zwanzig Male war ich mit Sarah in dem Park, sie ist in seine zwei kleinen Seen verliebt. Vor einem Monat erst mußte ich vom Rasen aufstehen und zum nächsten Lebensmittelladen laufen, um Brötchen für ihre Schwäne zu holen.

Nachdem ich weiß, wohin es geht, kaufe ich eine Zeitung. Mein Kleingeld ist immer in der linken Hosentasche, das muß sich für die nächsten Wochen ändern. Die Zukunft steckt voller erbsengroßer Projekte: ein Paar Slipper besorgen, Lügen für die Redaktion erfinden, Die Sache neu durchdenken, den Abschiedsschmerz überwinden, das Kleingeld in der rechten Hosentasche aufbewahren. Ich kaufe noch eine Zeitung, meine eigene.

Im Park kenne ich einen kleinen Dschungel, durch den scheinbar kein Weg führt. Als ich mittendrin stehe, weiß ich nicht, wozu ich reingegangen bin. In unserem zweiten halben Jahr, der wildesten Zeit, sind wir genau an dieser Stelle übereinander hergefallen und haben uns hingelegt, der Weg nach Hause war viel zu weit. Wir hielten uns gegenseitig den Mund zu, damit die Spaziergänger, die ahnungslos hinter den Büschen vorbeigingen, unser Gewinsel nicht hörten. Sarah hat mir zugeflüstert: »Psst, die Kinder!« Aber deshalb bin ich nicht hier. Ich stehe im Schlamm und muß riesige Schritte machen, um auf den trockenen Betonweg zurückzukommen.

Die Zeitung auf der Bank zu lesen ist unbequem, der schwache Wind reicht aus, um mich immer wieder aus der Zeile zu bringen. Schließlich halte ich sie auf den Knien fest, es ist die lächerlichste Position zum Zeitunglesen. Die Nachrichten sind nicht besser als an anderen Tagen, auf Nachrichten hat der Donnerstag keinen Einfluß. Wenigstens stimmt das Datum heute, doch die vielen kleinen Kriege streben aufeinander zu: sie kommen näher und näher, sie haben mich zu ihrem Mittelpunkt erkoren und fressen sich von allen Seiten auf mich zu. Ich werde krank vom Zeitunglesen und höre nicht auf damit, ich habe haargenau den richtigen Beruf. Ich habe die Katzenphobie und arbeite in der Zoohandlung, Abteilung Katzen. Noch nie ist es mir in den Sinn gekommen zu kündigen, zugunsten wovon? Die Arbeit, die ich zu tun habe, liegt mir, das heißt, sie liegt meinen Augen und Fingern. Aber ich bestehe nicht nur aus Augen und Fingern, vielleicht zerquetscht sie mich. Vielleicht ist sie einer der großen Feinde, die unerkannt, und daher unbehelligt, operieren? Vielleicht hat sie mich auf Frau Abrahams Küchentisch gehoben. Kowalski, sollte ich wahrscheinlich morgen sagen, du kannst aufatmen – ich kündige. Oder ich gehe gleich zu Gelbke, ich sage, Chef, ich finde, sieben Jahre bei einem Weltblatt sind für mich genug. Er wird ärgerlich fragen, was mit mir los sei, er ist der Überzeugung, daß man jedes Problem lösen kann, indem man es zerredet. Chef, ich beklage mich über nichts. Ich habe hier meine schönste Zeit gehabt, Sie waren wie ein Vater zu mir und haben etwas aus mir gemacht. Aber jetzt suche ich mir was anderes. Wo willst du suchen, Junge, du kannst doch nichts? Das ist schon wahr, Chef, aber ich werde trotzdem nicht bleiben. Es ist was rein Persönliches. Papperlapapp, du kommst hier

nicht raus, bevor ich weiß, was los ist! Es hat keinen Sinn, Chef, Sie können mir nicht helfen. Wer will dir helfen, du Rotznase? Ich will nur wissen, was los ist! In Ordnung, Chef, dann sage ich es Ihnen: Ich sterbe, das ist alles. Ich kann Nachrichten nicht mehr ertragen. Nachrichten sind wie Scheiße, ich habe den ganzen Tag mit Scheiße zu tun, mein Kopf ist voll davon, ich träume nachts davon. Die ganze Zeitung ist Dreck, Chef, es tut mir leid, ich weiß, Sie hängen dran. Aber Sie wollten es ja unbedingt wissen. Mir ist nicht zu helfen, solange ich hier bin, vielleicht finde ich draußen etwas, das weniger riecht. Sehen Sie sich die Nachrichten der letzten Jahre an, Chef, dann verstehen Sie, was ich meine.
Die fremde Zeitung werfe ich in einen Papierkorb, die eigene sehe ich auf einer anderen Bank durch, im Windschatten. Nichts. Es kann passieren was will, in Australien oder hier oder sonstwo – sobald es in den Zeitungen steht, verliert es an Bedeutung. Wenn eines Tages jemand das Geheimnis lüftet, ich meine, wenn einer herausfindet, wie es zu diesem Abfall an Bedeutung kommt, dann muß er aufpassen, daß sie seine Entdeckung nicht in die Finger kriegen und verbreiten. Die Zeitung ist ein Loch, in das alle Ereignisse und Ansichten hineinfallen und in dem sie versickern. Ich erinnere mich, daß ich vor Jahren einen Professor zu interviewen hatte, einen Biologen, der in dem Ruf stand, umfassend wie kein anderer den ganzen Umweltkrampf im Blick zu haben, rund um die Erde. Ich mußte vier Bücher lesen, um mich ihm überhaupt unter die Augen zu wagen, darunter übrigens die *Kleine Fibel Umweltschutz*. Und ich weiß noch genau, wie mich ein Gedanke von ihm, während ich ihn notier-

te, beinah umwarf: Er höre und lese immer wieder, sagte er, daß die Menschen in ihrer Rücksichtslosigkeit und in ihrer Gier die Natur zerstörten. Das sei natürlich reiner Unsinn. Die Menschen seien dazu gar nicht imstande, die könnten nur sich selbst zerstören. Der Natur könnten sie letzten Endes nichts anhaben, der seien sie nicht gewachsen. Die Natur habe Zeit, tausend Jahre, hunderttausend Jahre, eine Million Jahre. Die Natur könne sich immer wieder regenerieren, je unbewohnter, desto besser. Es gehe also nicht um den Naturschutz heutzutage, sondern um Menschenschutz. Diese Sätze kamen mir, wie gesagt, bahnbrechend vor, ich freute mich wie ein Schneekönig auf die Wochenendausgabe meiner Zeitung, in der sie gedruckt werden sollten. Sie wurden gedruckt, doch als ich sie las, fand ich sie nur noch blöde. Ich konnte nicht begreifen, daß ich noch Stunden vorher auf solchen Stumpfsinn geflogen war, und tröstete mich damit, daß er wenigstens nicht von mir stammte.
Die zweite Zeitung wird der ersten hinterhergeworfen, es ist zu kühl, um ewig auf der Bank zu sitzen. Die haben mir nicht einmal erzählt, wie lange ich mit dem Gips herumlaufen muß. Vier Wochen? Im Grunde ist es unbegreiflich herzlos von Sarah, mich mit dem einen Arm sitzenzulassen. Die hat doch sonst soviel Phantasie, kann sie sich nicht vorstellen, was alles in diesem Zustand nicht geht? Ich will kein Drama daraus machen, aber es regt mich auf, daß sie die lumpigen vier Wochen nicht warten konnte. So schrecklich kann meine Verachtung ja nicht gewesen sein, wenn sie mehr als drei volle Jahre brauchte, um sie überhaupt zu bemerken. Ich hätte im umgekehrten Fall gewartet, das kann ich beschwören,

ich wäre nicht mit meinen zwei gesunden Händen abgehauen. Dort drüben hinter den Büschen, du lieber Himmel, es hätte bloß einer der hundert Bälle zu uns zu kullern brauchen, das wäre ein Theater geworden mit den Kindern! Um den Bademantel tut es mir aufrichtig leid, da ist das letzte Wort noch nicht gesprochen.

Ich habe genug vom Park und kenne keinen anderen Weg als den nach Hause. Jetzt schon weiß ich, daß ich nichts zu tun haben werde, sobald die Tür hinter mir zu ist. Ich könnte wieder mal den *Langen Abschied* lesen oder ein neues Buch, aber ich bin nicht in Stimmung zu lesen. Ich spüre eine seltsame Unruhe, deren Ursache mir schleierhaft ist; ich kann mich nicht länger als ein paar Sekunden auf etwas konzentrieren. Eines verstehe ich nicht: ich kann die meisten Leute nicht leiden, ich bin so ziemlich das Gegenteil von einem Philanthropen, und das eigene Leben ist mir nicht übertrieben wertvoll – warum fürchte ich mich so vor der Katastrophe?

8

Auf den Treppenstufen sitzt Manfred, mit Heft und Schreibstift in der Hand. Er ist zwar Mathematiker, doch ich weiß, daß ihn meistens ein Gedicht beschäftigt. Wie Einstein die Geige. Ich erschrecke jedesmal, wenn wir uns nach längerer Unterbrechung treffen, er sieht mir furchtbar ähnlich. Seit unserer Kindheit stört es mich, daß wir Zwillinge sein müssen; ich komme mir wie das Opfer einer Übertreibung vor, die sich nicht korrigieren läßt. Trotzdem war ich immer zufrieden, einen Bruder zu haben, nur wünschte ich ihn mir um weniges anders: ein bißchen älter, ein bißchen jünger, mit einer anderen Nase im Gesicht.

Wegen lumpiger hundert Kilometer sehen wir uns viel zu selten, nur heute sehe ich ihn nicht so gerne, aus diesem Anlaß. Natürlich, er mußte kommen nach dem Anruf unserer Mutter, was blieb ihm übrig. Ich zweifle nicht daran, daß er schon am Montag hätte kommen können, am Dienstag ganz bestimmt. Er hat es nicht getan, Sonja wird sagen, na ja, er hat wahrscheinlich viel zu tun gehabt. Und ich sage, er ist aus Rücksicht heute erst gekommen, aus Zartgefühl, das wird sie nie verstehen.

Wir umarmen uns und verharren übertrieben lange in dieser Haltung; mein linker Arm hängt schlaff herunter und fehlt mir sehr. Manfred ist ein Schauspieler zum Steinerweichen, er gibt sich Mühe zu verbergen, daß er vor Rührung fast umkommt. Er wird doch nicht losheulen, um alles in der Welt, wir haben uns seit Menschenge-

denken nicht heulen sehen. Andererseits ist es mir recht, daß er mit sich selbst zu tun hat. Es hindert ihn daran, sich mit den Augen an mir festzusaugen, prüfend oder mitleidig oder vorwurfsvoll oder sonstwie. Donnerstag. Ich schließe die Tür auf und schiebe ihn vorwärts in die dunkle Diele.
»Was ist mit deinem Arm?«
»Gebrochen. Hat sie dir das nicht erzählt?«
»Nein. Ist es dabei . . .«
Der Anhänger seines Mantels reißt ab, der Mantel fällt auf den Boden. Ich bücke mich danach, doch er bückt sich schneller, als wäre ich ein Krüppel oder eine Dame.
»Was wolltest du fragen?«
»Wobei hast du dir den Arm gebrochen?«
»Ich bin vom Küchentisch gefallen. Hier, von diesem Tisch. Es war meine eigene Blödheit.«
Wir gehen ins Zimmer. Er tritt an mein Bücherregal und betrachtet die Buchrücken, als wollte er kontrollieren, was seit seinem letzten Besuch hinzugekommen ist. Ein Ärmel seiner Strickjacke ist am Ellbogen so fadenscheinig, daß man das weiße Hemd darunter sieht. Er ist seit einem halben Jahr geschieden. Als ich ihn damals besuchte, am Sonntag nach der Scheidung, hatte sein Gesicht einen ähnlichen Ausdruck wie heute. Ich sage, daß ich Sonja wegen des Anrufs am liebsten umgebracht hätte. Er antwortet: »Kann man verstehen.«
Ich sehe ihn nicht gerne an, das war schon immer mein Problem: es ist mir unmöglich, ihn auf harmlose Weise zu betrachten, ohne eine gereizte Neugier, die mich ablenkt. Am besten können wir miteinander sprechen, wenn wir etwas dabei zu tun haben. Sobald ich den Blick

auf ihn richte, fange ich an zu forschen; nach Vorzügen oder nach Makeln, und die Schönheiten an ihm freuen mich längst nicht so sehr, wie die Häßlichkeiten mich ärgern. Ich erinnere mich, daß ich vor langer Zeit mit einer Gymnastik nur deshalb anfing, weil ich den Ansatz eines Rundrückens bei ihm entdeckte. Und als mir seine Haut einmal unrein vorkam, kaufte ich mir das erste Gesichtswasser meines Lebens. Ein einziges Mal nur ist zwischen uns die Rede auf dieses Übel gekommen, bei einem Geburtstag seiner Tochter Sophie. Er lachte, als ich meinen Konflikt ausplauderte, er sagte, ihm gehe es mit mir genau umgekehrt: mein Anblick habe ihn immer nur erleichtert. Es sollte ein Witz sein, ein versöhnlicher Ausstieg aus diesem dunklen Thema, doch ich ließ nicht locker. Er als der intelligentere von uns beiden sollte mir Auskunft geben, wie er mit seiner doppelten Existenz fertig wurde. Er sagte aber immer wieder nur, er kenne dieses Problem nicht, er habe es nie gehabt und ich solle es ihm nicht so hartnäckig an den Hals zu reden versuchen.

Wir sitzen und rauchen, der Hammel hat sich das Rauchen wieder angewöhnt. Er bringt es fertig, quält sich fünf Stunden und erwähnt mit keiner Silbe, weshalb er überhaupt gekommen ist. Ich sage: »Sie hat dich also angerufen und dir erzählt, daß sich dein Bruder das Leben nehmen wollte?«

»Am Montag schon. Du bist nicht böse, daß ich erst heute komme?«

»Wo denkst du hin.«

»Ich habe eigenartig viel zu tun. Die Computer sind wie Babys.«

»Bist du mit dem Auto hier?«
»Mit der Bahn. Das Auto ist in der Werkstatt.«
»Du kannst vorläufig meins kriegen. Mein Fahrer hat sich den Arm gebrochen.«
Er steht auf und verläßt das Zimmer wie jemand, der einem Einfall folgt. Ich höre ihn in die Küche gehen. Was hat er in der Küche zu suchen, hat er Durst oder Hunger, ich rufe, daß ein paar Flaschen Bier auf dem Balkon stehen. Ich schaue in den Spiegel, vergleiche unsere Gesichter und versuche, mir auf der Oberlippe ein Bärtchen vorzustellen. Ich rufe: »Hast du schon mal an einen Bart gedacht?«
Von der Küche her weht ein kühler Hauch in die Wohnung, wozu hat er das Fenster geöffnet?
»Wozu machst du das Fenster auf?«
Ich weiß es. Mir bricht auch ohne seine Antwort der Schweiß aus, ich weiß peinigend genau, was dieser Wahnsinnige am offenen Küchenfenster treibt. Es ist zu spät, ihn davon abzuhalten. Ich gehe ihm nach in die Küche, setze mich an den Tisch und sehe zu, wie er das Klebeband vom Fensterrahmen löst, das dort mühsam befestigte. Bahn für Bahn zieht er die Streifen ab und wirft sie in den Mülleimer, den er neben sich gestellt hat. Er sagt: »Wie sorgfältig du das gemacht hast.«
Es riecht schlecht aus dem Eimer, er ist seit Tagen nicht geöffnet worden. Meine Verwunderung, daß er die Klebestreifen gefunden hat, läßt nach, wer hätte sie sonst entdecken sollen, ich wäre auch auf seine Klebestreifen gekommen. Ich verfluche meine Nachlässigkeit. Ich sage: »Diese Klebedinger hängen seit Jahren hier. Die Fenster sind total verzogen. Sieh sie dir an. Du kannst

doch meine Wirtin nicht in der Zugluft sitzen lassen, bloß weil deine Phantasie mit dir durchgeht.«
Er reißt den letzten Streifen ab, wirft ihn in den Eimer und schließt den Deckel. Dann steht er am Fenster, den Blick nach draußen gerichtet, die Hände aufs Fensterbrett gestützt, und atmet heftig. Man müßte Sonja holen, um ihr zu zeigen, wie sie uns zugerichtet hat.
Als ich hinter ihn trete, wirft er sich mir an den Hals. Aus einem Fenster des gegenüberliegenden Hauses sieht eine Frau zu uns her, in gespannter Körperhaltung. Es geht über seine Kräfte, mich zu schonen, ich kenne diesen Zustand. Ich habe mächtig zu tun, um mich nicht in seine Rührung hineinziehen zu lassen. Zuerst bin ich über seine Erschütterung erschüttert, dann er über meine, und schon stehen wir in einem Kreis, aus dem kein Weg hinausführt.
Er drückt mich, als wollte ihn jemand von mir losreißen, vor allem drückt er meinen linken Arm. Der Arm tut weh, die Szene tut weh, sein Kummer tut weh, alles tut weh, das ist ein Donnerstag! Dicht neben meinem Ohr, kaum verständlich, höre ich die Worte: »Das ist ja furchtbar . . .«
Ich sage: »Ach, halt die Klappe.«
Er sagt: »Halt du doch deine.«
Er geht ins Zimmer zurück, und ich folge ihm diesmal sofort, bevor er wieder etwas findet, eine nicht verwischte Selbstmörderspur. Aber ihm steht der Sinn nicht nach Suchen, er zündet sich eine Zigarette an, wie es sich gehört. Er läßt sich auf den einzigen Sessel fallen, so schlapp wie meine Freunde, die Boxer, wenn sie in den Rundenpausen auf ihre Hocker sinken. Welchen Sinn

hätte es, jetzt Schnaps auf den Tisch zu stellen, wir trinken beide gerne einen, und der Vormittag ist noch nicht vorbei.
»Den ganzen Weg über habe ich gegrübelt, was ich dir sagen könnte.« Er denkt kurz nach, dann sagt er: »Falsch. Ich habe nachgedacht, wie ich vor dir auftreten sollte, das ist genauer.«
»Du mußt nicht auftreten.«
»Warte doch. Von einer Station zur nächsten habe ich etwas anderes für richtig gehalten. Zuerst war ich sicher, daß du mir deine Motive von selbst erzählen würdest. Ich wollte dir gefaßt zuhören und dann meine Meinung sagen, meine vorgefaßte. Dann war mir klar, daß du kein Wort sagen würdest, von allein schon gar nicht. Da nahm ich mir vor, Fragen zu stellen. Mitfühlend und taktvoll selbstverständlich, aber Fragen.«
»Wo bleiben sie?«
»Auf der nächsten Station wollte ich dir Vorwürfe machen. Ich war zwar erschrocken und deprimiert von Sonjas Anruf, doch je länger die Nachricht in meinem Kopf steckte, um so deutlicher merkte ich, daß meine eigentliche Reaktion Empörung war. Dein Verhalten schien mir unverschämt und maßlos zu sein, wie das eines Räubers, der selbst die Sparbüchsen der Kinder plündert. Du stellst dir nicht vor, wie böse ich war, ich hatte Lust, dich zu schlagen. Und als der Zug hielt, wollte ich dich trösten, ohne zu wissen, worum es sich handelt. Ich wollte nichts hören, ich nahm mir vor, dich zu unterbrechen, falls du zu erzählen anfängst. Ich glaubte, daß ein Trost, der sich auf das Allgemeinste gründet und sozusagen blind ist, wirksamer sein könnte als ein gezielter. Denn

daß es ein Vorteil ist zu leben, davon kann ich jeden überzeugen. Ob ich dich aber über deine konkrete Bedrängnis hinwegtrösten kann, das weiß ich nicht. Wenn der Weg länger gewesen wäre, hätte ich sicher noch mehr Einfälle gehabt.«
»Ich verstehe deine verzwickte Lage«, sage ich und finde mich selbst geschmacklos, während ich den Satz zu Ende bringe, »nur weiß ich nicht, wie ich dir da raushelfen könnte.«
Er lächelt schwach, als habe er Verständnis für meine Ungerechtigkeit, doch nur einen Augenblick lang. Dann zeigt sich auf seinem Gesicht wieder der Schauder, den er auch mit der kleinen Chronik nicht losgeworden ist. In seiner Faust entdecke ich den Totenkopf aus Messing, der ihm seit so vielen Jahren die Hindernisse aus dem Weg räumt. Ich selbst besitze übrigens keinen Gegenstand mehr aus unserer Kindheit, obwohl ich mich nicht erinnern kann, je einen aufgebraucht oder weggeworfen zu haben. Sein Totenkopf und mein Donnerstag, die Stunde ist einmalig günstig, und wir nutzen sie nicht.
Ich hole nun doch den Schnaps, das bringt kaum mehr als zwanzig Sekunden. Ich habe Lust, mich nach seinen Gedichten zu erkundigen, wir hätten ein erstklassiges Thema. Aber ich kriege den Mund nicht auf. Eines Tages wird er ein Dichter sein, ich habe es im Gefühl; schon einmal hat es einen Dichter gegeben, der aus der Mathematik aufgestiegen ist, ich weiß seinen Namen nicht mehr. Bis heute hat er sich geweigert, mir eins der Gedichte zu zeigen. Immer wenn ich ihn darum bat, hat er sie unfertig genannt und mich auf unbestimmte Zeit vertröstet. Nur durch Zufall sind mir einmal ein paar Zeilen

unter die Augen gekommen, vor drei oder vier Jahren in seiner Wohnung. Er wurde aus dem Zimmer gerufen, und die handgeschriebene Seite lag auf dem Schreibtisch. Da ich Angst vor seiner Rückkehr hatte, überflog ich sie nur, die Hälfte konnte ich nicht entziffern. Eine Zeile ist mir in Erinnerung: *Der Wald hat seine grüne Maske abgenommen.* Auch Tilly, seiner geschiedenen Frau, hat er nie ein Gedicht gezeigt, ich habe mit ihr darüber gesprochen.
»Wir kommen nicht weiter«, sagt er seufzend, den ersten Schnaps in der Hand.
Ich frage: »Weiter?«
»Es läßt sich erklären, und man hätte es vorher wissen können. Aber wir kommen nicht weiter.«
»Was meinst du mit weiter?«
»Glaubst du, das ist ein Routinebesuch? Ich wollte etwas Gutes stiften, und was passiert? Wir kommen beide um vor Peinlichkeit und wünschen uns gegenseitig zum Teufel.«
»Ich wünsche dich nicht zum Teufel.«
»Ich dich vielleicht?«
»Was redest du dann für einen Unsinn?«
»Seit ich hier bin, habe ich kein Wort rausgebracht, mit dem du etwas anfangen könntest.«
»Du bist ja noch nicht weg.«
»Eins steht fest«, sagt er und kratzt sich unglücklich den Kopf, »ich habe mich in letzter Zeit sehr wenig um dich gekümmert.«
»O ja, du bist der Verantwortliche! Eine Weile habe ich geduldig gewartet, aber als du tagelang nicht gekommen bist, hat es mir gereicht.«

»Ich war mit mir selbst beschäftigt«, fährt er in seiner idiotischen Verteidigungsrede fort. »Ich habe vorhin behauptet, ich hätte viel zu tun, das war gelogen. Ich hatte nur mit mir selbst zu tun. Die Scheidung, weißt du.«
»Habt ihr immer noch Streit?«
»Überhaupt nicht. Zuerst war ich sicher, das eigentliche Problem bestehe darin, die Trennung von Sophie zu verschmerzen. Ich dachte, sich an zwei Wochenenden im Monat mit ihr zu treffen, das würde mich zu Boden drücken. Aber es ist nicht so. Ich sage dir etwas, das schrecklich klingen muß: Ich vermisse das Kind nicht. Ich vermisse nur Tilly.«
»Und ich hatte den Eindruck, daß die Scheidung von dir ausging? Daß Tilly sie eigentlich nicht wollte?«
»So war es auch. Aber ich habe mich verschätzt.«
Mir kommt der Verdacht, daß er davon nur spricht, um mir zu helfen. Ihm fallen die seltsamsten Verrenkungen ein, die elendsten Tricks, das ist die Mathematik, der alle Mittel recht sind. Aber was weiß er schon von Der Sache, was weiß er von der Verschwörung? Tausendmal weniger als ich von seinen Gedichten. Er wohnt nicht nur eine Stadt weit entfernt von mir, er wohnt zwischen Zahlen und Versen und jenseits der Nachrichten. Das ändert nichts daran, daß er die Wahrheit sagt, es wird schon bitter sein ohne Tilly, er wird sich zweifellos verrechnet haben. Die meisten, die jemanden verlassen, verrechnen sich, nicht alle, doch die meisten. In meiner Bekanntschaft jedenfalls standen die Verlassenen nach einer Weile immer besser da als die Verlassenden. Ich sage: »Gerade gestern hat sich Sarah von mir getrennt.«
Der Kopf legt sich ihm vor Überraschung auf die Seite.

Die schlechten Neuigkeiten nehmen kein Ende, Sarah und er haben sich ausgezeichnet verstanden. Es war mir immer ein Rätsel, wie er es fertigbrachte, so ernsthafte Gespräche mit ihr zu führen.
»Warum hat sie das gerade jetzt getan?«
»Was heißt *gerade jetzt*? Sie hat keine Ahnung von dieser Sache.«
»Sie hat keine Ahnung?«
Er gießt sich den zweiten Schnaps ein, kopfschüttelnd, als sei die Trennung von Sarah das Merkwürdigste von allem. Worüber sollen wir jetzt reden, über seine Scheidung oder über meine? Ich trinke den ersten heute, er schmeckt seltsam mild, um halb zwölf ist das kein gutes Zeichen. Entweder ich raffe mich auf und hauche uns Leben ein, oder er fährt unglücklicher nach Hause, als er gekommen ist. Ich muß ihn beruhigen, ich muß ihn davon überzeugen, daß die Selbstumbringerei ein für allemal vorbei ist. Auch wenn ich nicht die Hand dafür ins Feuer legen würde. Er ist der einzige, für den ich eine solche Strapaze auf mich nähme, doch womit überzeugt man ihn? Du kannst beruhigt nach Hause fahren, liebster Bruder, ich bin den Dämon los. Ich versichere dir hoch und heilig, daß ich den Teufel abgeworfen habe, der mich geritten hat. Was soll ich sagen, mir fallen nur morastige Worte ein, wo Beweise nötig wären, Beweise, die es weit und breit nicht gibt. Dabei bin ich der bessere Lügner und Heuchler von uns beiden.
Ich frage auf gut Glück: »Trefft ihr euch nur, wenn du Sophie abholst? Oder siehst du Tilly häufiger?«
»Wir sehen uns überhaupt nicht. Ich klingle zur verabredeten Zeit an der Haustür, dann sage ich durch die Sprech-

anlage, daß ich es bin, dann kommt Sophie nach unten. Bei ihrer Rückgabe dasselbe. Neulich hat sich Sophie nach dir erkundigt.«
»Ich werde sie bald besuchen, sag ihr das.«
»Was ist zwischen dir und Sarah vorgefallen?«
»Kein Zank, kein Krach, nichts. Sie hat mich in aller Stille verlassen. Aber verstehe ich das richtig – Tilly weiß überhaupt nicht, daß es dir inzwischen leidtut?«
»Ich habe nicht behauptet, daß es mir leidtut. Ich habe gesagt, daß ich sie vermisse. Den Unterschied hörst du hoffentlich heraus.«
»Entschuldigung.«
»Hat Sarah einen anderen Kerl, oder was ist los?«
»Ich glaube nicht. Sie hat mich einfach satt. Sie findet, daß ich sie verachte. Mach dir keine Sorgen.«
»Wie kommt sie darauf, daß du sie verachtest?«
»Du lenkst andauernd von dir ab. Was du zusammenredest, das ist reine Wortklauberei. Wenn du Tilly vermißt, dann tut dir auch die Scheidung leid.«
»Wenn einer sich das Rauchen abgewöhnt, vermißt er Zigaretten. Tut es ihm deswegen auch leid, nicht mehr zu rauchen?«
Obwohl ich ihm nicht widerspreche, kommt mir sein Beispiel belanglos vor; wie ein zu klein geratener Zaun, der leicht zu übersteigen ist. Er weiß nicht, wie er sich verhalten soll, wie gut ich ihn verstehe! Er trinkt schon wieder, in seinen Augen sehe ich die ersten Folgen. Ich erzähle ihm, Sarahs Entschluß habe mich nicht umgeworfen, in der ersten Nacht sei ich ohne Sehnsucht eingeschlafen.
Er sagt: »Warte ab.«

Ich lasse unerwähnt, daß der Gedanke an Trennung mir selbst schon nahe war, Manfred hat mich einmal einen Großsprecher genannt. Bei ihm hört die Bescheidenheit schon auf, wo für andere noch längst keine Grenze in Sicht ist – einmal habe ich das eben vergessen. Ich erzähle, daß ich vor Jahren auf dem besten Weg war, mich in seine Tilly zu verlieben. Ich sage, die Frauen von Brüdern seien selbstverständlich aus dem Rennen, ganz abgesehen davon, daß ich nie bei ihr hätte landen können. Mit dem Verzicht auf Annäherungsversuche hätte ich also zwei Fliegen mit einer Klappe geschlagen. Doch das Neidischsein habe sich nicht ganz vermeiden lassen.
Er sieht mir ohne Vergnügen und ohne Erstaunen zu. Und ich lasse nicht locker, ich stolpere in der eingeschlagenen Richtung weiter, vom Ehrgeiz gepackt, aus meinen törichten Bemerkungen noch eine brauchbare Geschichte zu machen. Ich sage, ich hätte damals, als er Tilly zum erstenmal anbrachte, meine alte These bestätigt gefunden, daß er der Glückspilz von uns beiden ist.
»Meinst du das wirklich?«
Er lächelt verwundert, auf eine Weise, die mir verrät, daß er es immer umgekehrt gesehen hat. Wie ist das möglich? Der Totenkopf fällt ihm aus den Fingern und rollt mir vor die Füße, ich hebe ihn auf. Er streckt die Hand danach aus, aber ich sage: »Laß mich mal ein bißchen halten.«
Er besteht nicht auf der Rückgabe und fragt noch einmal, ob ich mich tatsächlich für einen Unglücksraben halte. Reinen Gewissens kann ich das weder bestätigen noch leugnen. Der Totenkopf ist lauwarm von seiner Hand, er

kommt mir leichter als in alten Zeiten vor. Ich fange also an, auf Tillys Vorzügen herumzureiten, und Manfred fügt sich, auch wenn es ihm auf die Nerven geht. So könne sie, sage ich, bei den größten Meinungsverschiedenheiten freundlich bleiben, ich hätte so etwas noch nie erlebt. Es sei mir nicht gelungen herauszufinden, ob es sich dabei um eine List oder um angeborene Sanftmut handle.

Er sagt nichts, obwohl er sicher ganze Romane dazu erzählen könnte. Er sitzt ermattet da und trinkt. Ich gieße auch mein Glas voll, nicht aus Opferbereitschaft, sondern weil die Flasche gleich leer ist. Vorher lege ich den Totenkopf auf den Tisch, er bringt mir nichts. Ich überlege, ob ich nicht herzlos gewesen bin: ob ich nicht, anstatt Tilly zu huldigen, lieber Indizien dafür hätte suchen sollen, daß sie grauenvoll ist? Mein Bruder ertrinkt, und ich bewerfe ihn vom Ufer aus mit Steinen.

9

»Was hältst du davon, essen zu gehen?« fragt Manfred. Er schaut auf seine Armbanduhr und bewegt das Handgelenk so lange vor den Augen hin und her, bis der günstigste Abstand gefunden ist. Er sagt: »Na klar, es ist Zeit. Du mußt auch Hunger haben.«
Ich bin einverstanden, jede Art von Bewegung kann nur gut für uns sein. Als er aus dem Zimmer geht, beschreibt er eine Kurve, ohne zu schwanken. Ich nehme den Totenkopf vom Tisch, stecke ihn in die Tasche und bin neugierig, wann Manfred ihn vermissen wird. In der Hand halten durfte ich ihn früher hin und wieder, in die Tasche stecken aber noch nie. Wir ziehen unsere Mäntel an, er greift nach meinem leeren Ärmel und schlenkert ihn herum. Er sieht dabei nicht aus wie jemand, der sich einen Spaß erlaubt. Auf der Treppe rührt er das Geländer nicht an, als wollte er demonstrieren, wie gut er noch beieinander ist.
Um diese Zeit riecht die Stadt schon wie eine Tankstelle, auf der Benzin verschüttet wurde. Ich habe gehört, daß es eine Atemtechnik gibt, mit deren Hilfe die Luft nicht tiefer in die Lungen eindringt, als nötig ist. Aber die Sonne hält sich tapfer. Ich suche ein Lokal aus, das wir zu Fuß erreichen können. Manchmal drehen sich Leute nach uns Zwillingen um. Als Kind war ich schon abgestumpft dagegen, jetzt stört es wieder. Wir gehen ohne Eile, zu allem Überfluß ist sein Mantel vom gleichen Braun wie meiner.

An einem Spielzeuggeschäft bleibt er stehen und betrachtet die Auslage. Über die Rückwand des Schaufensters hinweg sieht eine Verkäuferin lächelnd auf uns, ich gehe weiter und warte ein paar Schritte voraus. Er steht so lange, bis ich den Eindruck habe, daß er einfach nur gafft. Ich rufe ihn, und er kommt sofort. Er fragt, wie weit es noch sei. An einem Lebensmittelladen schlägt er vor, eine Flasche für den Rest des Weges zu kaufen. Das kommt nicht in Frage, ich erkenne ihn nicht wieder. Doch Sorgen mache ich mir nicht: er wird nie ein Trinker werden. Ich werde ja wohl wissen, wovor er sicher ist und wovor nicht.
Ich nehme meinen Mut zusammen und frage: »Was glaubst du – hat der Wald inzwischen seine grüne Maske abgenommen?«
»Was ist los?«
Ich bringe es nicht fertig, die Gedichtzeile zu wiederholen, es wäre wie das Verharren in einer unschönen Geste. Er sieht mich fragend an, ohne Verdacht, doch so lange, bis ich sage: »Ich meinte, sind die Bäume bei euch noch grün?«
»Warum sagst du das nicht gleich? Und seit wann interessierst du dich für unsere Bäume?«
»Vergiß die Frage.«
»Ich habe nicht darauf geachtet.«
»Ist schon gut.«
»Bei manchen Bäumen wird das Laub noch oben sein und bei manchen nicht mehr. Ist bei uns vielleicht ein anderes Klima als hier?«
Zum Essen bestellt er Wodka für uns beide. Er sagt, er müsse unentwegt an meine seltsamen Worte von vorhin

denken, doch weiß ich nicht, worauf er anspielt. Ich bin mit dem Essen auf meinem Teller beschäftigt, und trinken muß ich auch. Sogar hier, im Halbdunkel, wird unsere Ähnlichkeit belächelt. Donnerstag. Ich überlege, was dahinterstecken mag, daß er den Totenkopf noch nicht zurückgefordert hat. Es könnte sich um Vergeßlichkeit handeln, um die Achtlosigkeit des Angetrunkenen; es könnte aber auch bedeuten, daß er mir seinen Glücksbringer schenken möchte, hinter Vergeßlichkeit getarnt. Einmal mußte ich ihm helfen, den Schulhof nach dem Messingding abzusuchen. Wie Trüffelschweine sind wir über den Schotter gekrochen, einen Nachmittag lang. Angeblich konnte er es nur auf dem Hof verloren haben, bis es auf einmal im Tintenfach seiner Schulbank lag. Er fragt: »Wie war das: ob der Wald seine Maske abgelegt hat?«
»Fang nicht schon wieder an.«
Endlich verstehe ich, wie er mich einen Großsprecher nennen konnte, ein paar Minuten zu spät. Er winkt ab und hört auf, der dunklen Spur zu folgen, er konzentriert sich auf die Speise. Für einen Augenblick lächeln wir uns munter zu, wie zwei, die trotz aller Widrigkeiten den Mut nicht sinken lassen.
Nach dem Essen lacht er über meinen Vorschlag, Kaffee zu trinken. Dafür lehne ich seinen Verschlag ab, Schnaps zu kaufen und zurück in die Wohnung zu gehen. Obwohl er mir noch nie unwillkommen gewesen ist, fühle ich mich heute sterbenseinsam mit ihm. Und obwohl Donnerstag ist. Heute wiegt jedes Wort zwei Zentner, und die Gedanken sträuben sich. Wir finden im Handumdrehen eine Kneipe, die uns aufnimmt. Als

ich das erste Glas zum Mund hebe, spüre ich den Schnaps.
Er sagt: »Ich möchte dich mal was fragen.«
Er beugt sich mit einer Zigarette zum Nachbartisch und läßt sich Feuer geben, weil dort ein Streichholz brennt; sein Stuhl steht dabei auf zwei Beinen, doch er kommt heil zurück. Sein Gesicht sieht müde aus, eingefallen und grau. Die wenigen Gäste hätten zu einem seltenen Anblick Gelegenheit: ein Mann vor dem Genuß von etwa zwölf Gläsern Wodka und neben ihm derselbe Mann danach. Jeden Augenblick wird sein Kopf auf den Tisch sinken, die Lider sind schon auf dem Weg nach unten. Ich beeile mich mit dem Trinken, ich haste hinter ihm her, uns wird schon nichts geschehen, wenn wir den Überblick verlieren. Der Wirt sieht aus wie jemand, den zwei Betrunkene nicht aus der Fassung bringen.
Manfred stellt eine Frage, doch weiß man nicht, ob es dieselbe ist, die er zuvor begonnen hat: »Ich möchte wissen, warum du nichts unternimmst, wenn du so scharf auf sie bist? Sitzt da und macht keinen Finger krumm. Das ist doch keine Art, Mann.«
»Du hast das falsch verstanden. Ich bin nicht scharf auf sie. Und außerdem – wann hätte ich den Finger krumm machen sollen, selbst wenn ich gewollt hätte? Es ist gestern abend passiert. Gegen halb zehn.«
Er kneift die Augen zusammen, und seine Nase legt sich in Falten, das heißt in der Betrunkenensprache, daß er kein Wort versteht.
»Gestern abend ist was passiert?«
»Mein Gott, die Sache mit Sarah. Wie oft soll ich das sagen – sie hat sich gestern von mir getrennt!«

»Wer redet von Sarah?« Er muß einen Schluck trinken, rauchen, den Kopf schütteln und ein bißchen husten. »Ist natürlich traurig, ich übersehe das nicht. Sie war ein prachtvolles Mädchen. Aber wir reden über Tilly, Mann.«
»Ich nicht.«
»Dann wirst du es eben jetzt tun. Seit einem geschlagenen halben Jahr ist Tilly geschieden und sozusagen wieder auf dem Markt. Aber keiner versucht es bei ihr. Kannst du mir das erklären?«
»Ich denke, ihr seht euch nicht mehr? Woher weißt du das alles?«
»Ich weiß es eben. Ich beobachte sie vom Dachboden gegenüber. Sie ist immer ohne Mann.«
»Redest du im Ernst?«
»Darüber macht man keine Witze. Ich frage dich zum letztenmal: warum machst du dich nicht an sie ran, wenn sie dir so gut gefällt?«
Er spricht viel zu laut und schlägt andauernd mit der flachen Hand auf den Tisch, er ist vollkommen verrückt. Da sagt man ein paar unbedachte Sätze, und er zerrt daran herum und läßt nicht locker, bis einem die Galle hochkommt. Der Wirt nickt mir beim Gläserputzen zu, als wollte er mich mahnen, meinen Bruder nicht länger auf die Folter zu spannen. Auch unsere Mitgäste, zum Glück nicht allzu viele, sehen durchweg fröhlich aus und brennen darauf zu erfahren, warum ich Tilly bis heute nicht nachgestiegen bin. Ich könnte ihm sonstwas erzählen, am nächsten Morgen wüßte er keine Silbe mehr davon. Doch was? Höchstens, daß sich mir, als ich einmal über eine Beziehung zwischen Tilly und mir nachdachte,

eine naheliegende Frage stellte: warum sie den einen Zwilling gegen den anderen tauschen sollte? Warum, um alles in der Welt, sollte sie etwas so Verrücktes tun? Ich habe bis heute nie von einer solchen Konstellation gehört, und ich kann mir auch nicht vorstellen, daß jemals eine zurechnungsfähige Person nach ihrer Scheidung vom einen auf den anderen Zwilling umgestiegen ist. Das wäre makaber, das wäre so, als würde jemand eine Speise, die er vor Widerwillen erbrochen hat, zu seinem Leibgericht erklären. Ich meine damit nicht, daß diese Überlegung mich vom Sturmangriff auf Tilly abgehalten hat; ich will nur sagen, daß sie, sofern ich einen solchen Angriff vorgehabt hätte, ins Gewicht gefallen wäre. Aber soll ich ihm das wirklich erklären?

Zu meiner Erleichterung sehe ich, daß sein Interesse erloschen ist. Er hat den Kopf in beide Hände gestützt und wird, wenn nichts dazwischenkommt, gleich schlafen. Aus einer Ecke der Kneipe ruft zwar jemand: »Wie lange müssen wir noch warten?« Und jemand lacht. Doch die Plage am eigenen Tisch ist ausgestanden. Er hat mich vergessen, und wenn ihm seine Frage später wieder einfällt, werde ich den Betrunkenen spielen, das ist die Lösung. Er hat die Vergeßlichkeit nicht gepachtet.

Ich schlage vor, nach draußen zu gehen, ein paar Schritte die Straße rauf oder runter. Im Notfall gibt es andere Lokale. Manfred scheint mich nicht zu hören, seine gesamte Energie ist dahin. Während ich ihn von meinem Vorschlag zu überzeugen versuche, merke ich, daß bestimmte Laute mir schwerfallen; die Zunge geht immer dann geradeaus, wenn ein Wort um die Ecke biegen will. Ohnehin rede ich ins Leere.

Als ich für kurze Zeit die Augen schließen möchte, macht es Mühe, sie wieder aufzukriegen. Na schön, ich bin betrunken. Ich sitze schwindlig da, rede mit einem Unansprechbaren und trinke noch einen. Ich brauche nur den Kopf oben zu behalten. Beim Wirt steht eine Wirtin, die uns dreiäugig anglotzt, eine Hexe, die auf Fehler lauert. Wir werden keine machen.
Ich gehe an allen Hindernissen vorbei zum Schanktisch und verlange, noch bevor ich angekommen bin, die Rechnung. Die Hexe, die auch aus der Nähe bleibt, was sie ist, rechnet eine Zahlenkolonne zusammen und legt mir dann den nassen Zettel vor. Ich richte den Blick darauf und starre so lange die Zahlen an, bis es nach übertriebenem Mißtrauen aussieht. Mit einer großen Anstrengung gelingt es mir, Geld auf die Theke zu legen. Spätestens als ich das wenige Wechselgeld in der Hand sehe, ahne ich, wie voll wir sind.
Den Rückweg zum Tisch schaffe ich mühelos. Ich sage zu Manfred, daß wir mit dem Aufbruch nicht länger warten sollten. Er nickt, doch außer seinem Kopf bewegt er nichts. In diesem Augenblick möchte ich ihm so unähnlich wie nur möglich sein. Ein Witzbold ruft mir zu, ich solle nicht vergessen, Tilly zu grüßen, ich antworte: »Wird erledigt.« Ich begehe nicht den Fehler, mich noch einmal zu setzen, ich ziehe den Mantel an. Es wird mir dabei geholfen, vielleicht vom Wirt. Mit dem zweiten Mantel stelle ich mich vor Manfred hin und sage zehnmal »na mach schon« und »na komm schon« und »na steh schon auf«.
Die Straße ist unerwartet dunkel. Manfred fällt es viel schwerer als mir, auf einer geraden Linie zu bleiben,

doch auch ich schaffe es nicht bei jedem Schritt. Den mißbilligenden Augen einer Frau antworte ich mit Zwinkern. Ihren Mann höre ich sagen: »Zuerst sich den Arm brechen, und dann besaufen.«

Manfred ist ein stiller Betrunkener, der wie schlafend neben einem herwankt und, wenn wir um eine Ecke biegen, an der Schulter gefaßt und in die neue Richtung gedreht werden muß. Bei mir ist es umgekehrt, mich macht Schnaps redselig. Nur heute ist das anders, heute ist nichts normal. Heute hat er geredet, solange es ihm möglich war, und ich habe geschwiegen, soviel ich konnte. Ich halte seinen Arm fest, um ihn am Zusammenprall mit einem Polizisten zu hindern, der darauf aus zu sein scheint.

Als wir wieder eine Kneipe betreten, stellt sich uns der Wirt in den Weg. Er pendelt mit einem dicken Zeigefinger vor unseren Nasen hin und her und macht sogar eine grobe Bemerkung, als wir ihm nicht schnell genug verschwinden. Ich beschließe, mir den Laden zu merken, für andere Zeiten. In der nächsten Kneipe empfängt man uns mit offenen Armen, das heißt, es macht uns niemand Schwierigkeiten. Sie ist laut, groß und winklig, wir verschwinden in einer der vielen Nischen und fallen keiner Menschenseele auf. Nicht lange, und es kommt eine junge Frau an unseren Tisch, ich sage ihr, was sie bringen soll. »Na!« schreit Manfred sie an und macht eine Miene, als wäre ihm die Bemerkung des Jahres gelungen. Alles ist in Ordnung, er klopft mir auf den Rücken, wir verstehen uns ohne Worte. Zum erstenmal an diesem Abend schwimmen wir in Behaglichkeit, plötzlich und ohne verständlichen Grund. Wie still es auf einmal wird, der

Kneipenlärm versinkt in einem Loch, wir Zwillingsbrüder sitzen wie zwei Könige auf einer Sonnenwiese. Wir sind wieder wach, man hat uns Kraft und Unternehmungslust zurückgegeben, es muß sich um das kleine Donnerstagswunder handeln.
»Diese Kellnerin«, sagt Manfred.
»Ja.«
»Hast du die gesehen?«
»Klar.«
»Könnte man die nicht einladen?«
»Zu was?«
»Zum Trinken oder so.«
»Das läßt sich rauskriegen.«
»Du meinst, man sollte es probieren?«
»Was denn sonst.«
»Weißt du, was es heißt, geschieden zu sein, mein Lieber?«
»Ich kann es mir denken.«
»Tag für Tag geschieden?«
»Und Nacht für Nacht. Das ist bitter.«
»Und weißt du, daß in diesem Rechenladen nicht eine Frau arbeitet, die nicht entweder häßlich oder verheiratet ist?«
»Ist ja merkwürdig.«
»Weißt du, was das für mich bedeutet?«
»Kann man sich vorstellen.«
»Die sieht doch irrsinnig gut aus?«
»Die Kellnerin? Das kann man sagen.«
»Machst du Witze?«
»Na hör mal.«
Als die junge Frau unseren Schnaps und das Bier bringt,

warte ich vergeblich auf seinen Vorstoß. Er hockt schon wieder lasch auf seinem Bänkchen und schweigt sich aus, doch nicht wie jemand, dem der nötige Mut fehlt, sondern als hätte er das Projekt vergessen. Ich stoße ihn unter dem Tisch an und rolle wild mit den Augen, daß sogar die Frau es bemerkt. Dann geht sie wieder, und nichts ist geschehen.

10

Manfred hat eine Idee: unsere Mutter zu besuchen. Der würden vor Freude die Haare zu Berge stehen, doch er sieht das anders. Er meint, wir hätten schon viel zu lange nicht mehr zusammengesessen, so als Familie, und die Gelegenheit sei einzigartig günstig. Ich stelle mir vor, wie wir Hand in Hand vor unsere Mutter treten, die mühelos versteht, warum die Söhne so besoffen sind. Der Kindskopf steckt die Hand schon in die Hosentasche, wohl um sein Geld herauszuholen; es irritiert ihn, daß meine Begeisterung so lange auf sich warten läßt. Er fragt, ob ich am Ende etwas einzuwenden hätte, und ich nicke. Da fällt seine Unternehmungslust so schnell in sich zusammen, wie sie entstanden war. Nicht einmal nach meinen Gründen erkundigt er sich, die Sache ist erledigt.
Ich bestelle Bier ohne Schnaps, weil ich das Gefühl habe, daß noch mehr Wodka uns das Leben kosten könnte. Trotzdem gefällt mir unsere Stimmung, ich könnte über alles mit ihm reden, ich könnte bei guter Laune über alles reden. Noch ist Donnerstag, endlich kriege ich das Quentchen Wohlbehagen, das mir zusteht. Sein Glück sieht anders aus als meins, auch unsere Unglücke haben kaum Ähnlichkeit miteinander, wir saufen auf zwei verschiedenen Seiten einer Mauer. Vielleicht ist jeder Selbstmord ein lächerlicher Akt der Selbstüberschätzung? Vielleicht hätte Manfred zehnmal mehr Grund, sich das Leben zu nehmen, nur – er tut es nicht. Ihm

kommt diese Möglichkeit nicht in den Sinn, er ist beschäftigt mit seinen tausend Sachen und tut es einfach nicht. Ich aber denke wochenlang an nichts anderes und tue es, in diesem Augenblick kommt mir das unverzeihlich vor. Ich habe sein Unglück vermehrt, ohne einen Nutzen davon zu haben. Dieser Tag war ein Nutzen, dieser Abend ist einer, haben wir das vielleicht mir zu verdanken? Ich lege die Hand auf seine Faust und streichle sie. Er ist verwundert, dazu reicht es noch, dann lächelt er, dann grinsen wir beide. Ich sage zur Serviererin, die leer an unserem Tisch vorbeikommt: »Hätten Sie ein Augenblickchen Zeit?«
Sie bleibt stehen wie jemand, der in Eile ist, nur das Gesicht zu uns gewendet. Jetzt gefällt sie mir auch, sie hat heitere Augen, in denen kein Spott ist. Manfred hat es zuerst bemerkt.
»Was gibt es denn?«
»Wir würden uns gern mit Ihnen unterhalten.«
»Worüber?«
Ich sehe von ihr zu Manfred und warte auf Hilfe, doch er sitzt schon wieder wie ein Klotz da. Ich sage: »Wissen Sie, wir haben mächtig einen gekippt, das sehen Sie ja. Es handelt sich um eine Art Familienfeier. Wir haben Lust, mit netten Leuten zu reden, mehr steckt nicht dahinter.«
»Es ist nur so, daß ich hier beschäftigt bin«, sagt sie, nicht abweisend.
»Sie sollen aber wissen, daß einer von uns Sie ganz fabelhaft findet.«
Sie sieht uns nacheinander gründlich an, wie um herauszufinden, wer ihr Bewunderer ist. Manfred kann es

kaum sein, er hat die Augen tief im Bier und zeigt nicht das geringste Interesse an meiner Unternehmung. Also mische ich mich nicht länger in anderer Leute Angelegenheiten und bestelle Bier und Schnaps, mit einer Stimme, die zum Ende kommen will. Sie geht, bevor es allzu peinlich wird. Seit wann ist er so wankelmütig?
»Du bringst einen in phantastische Situationen.«
Manfred weiß nicht, wovon ich spreche, aber er döst nicht, er überlegt. Er steckt sich eine Zigarette in den Mund und wartet, bis ich ein Streichholz angezündet habe. Nach wenigen Zügen steht er auf und geht davon, als hätte er mich vergessen. Jede Stuhllehne, an der er vorbeikommt, dient ihm als Geländer. Er wankt aus meinem Blickfeld, nicht in Richtung Ausgangstür. Ich werde frühestens in einer Viertelstunde nach ihm sehen, ich habe eine Viertelstunde im Gefühl.
Die Serviererin bringt die Getränke. Ich erlaube ihr, das alte Bier abzuräumen, obwohl die Gläser noch halb voll sind. Sie ist freundlich wie zuvor, auf eine unverfängliche Weise, auch wenn sie nun allein mit ihrem Verehrer ist. Sie sagt: »Darf ich Sie etwas fragen?«
»Nur zu.«
»Sind Sie eigentlich Zwillinge?«
»Ja, leider«, antworte ich, erfreut über den Zweifel in ihren Worten.
»Warum leider?«
»Weil wir uns nie einigen können, wer von uns beiden die Kopie ist.«
Hoffentlich kommt er nicht auf den Gedanken, unsere Mutter anzurufen, oft sind Betrunkene ja seltsam störrisch. Ihm fiel es immer schon leichter als mir, sie zu er-

tragen, er wohnt in einer anderen Stadt. Ich glaube nicht, daß sie sich in den letzten Jahren ohne mich getroffen haben: sie fährt ohne meine Begleitung nie zu ihm, und wenn er herkommt, besucht er garantiert mich vor ihr. Doch er ist auch geduldiger. Wenn zwischen Sonja und mir Streit auszubrechen droht, wirft er sich jedesmal dazwischen und bringt mich zur Besinnung – wie kann ich gegen Sonja kämpfen? Vielleicht liebt er sie mehr als ich, vielleicht sieht er sie von einer Seite, die ich noch nie an ihr bemerkt habe.

Vor Ablauf der Viertelstunde ist er wieder da und trinkt sofort sein Gläschen leer, als sei er nur des Trinkens wegen zurückgekommen. Sein Gesicht ist noch grauer geworden, wie nach einer großen Strapaze, nein, telephoniert hat er nicht. Er ist so schweigsam, vermute ich, weil es seine ganze Kraft kostet, sich nicht in die Betrunkenheit fallenzulassen. Er liegt immer noch um ein paar Schnäpse in Führung, wir sollten ans Ende denken. Er zeigt mit dem Finger auf meine Brust und sagt, mit sekundenlanger Verzögerung: »Ich könnte dir erklären, worum es geht.«

»Wovon sprichst du?«

»Ich kenne dein Problem besser, als du für möglich hältst. Du wirst platt wie eine Flunder sein, wenn ich dir erkläre, wie du funktionierst.«

»Das klingt ungewöhnlich bescheiden.«

»Wenn man etwas genau weiß, dann hält Bescheidenheit bloß auf. Ich habe Posten für Posten geprüft, alles stimmt. Es ist kein Fehler drin.«

Ich rede ihm nicht mehr dazwischen, weil ich spüre, daß jetzt der Augenblick gekommen ist, um dessentwillen

wir in dieser Kneipe sitzen. Er trinkt noch einmal Bier, kratzt sich den Rücken, dann legt er los: die Wahrheit über Kilian.
Ich hätte ein Verlangen nach Harmonie, so fängt er an, das übertrieben sei, das ihn in unseren jungen Jahren schon verwundert habe. Zerwürfnisse von sehr geringem Ausmaß, wie sie tagtäglich vorkämen und mit großer Wahrscheinlichkeit das ganze Leben hindurch nicht aufhörten, genügten, um mich aus der Fassung zu bringen. Andere Leute würden spielend damit fertig, und wenn nicht spielend, so doch irgendwie, mich aber würfen Kleinigkeiten um. Ich hätte es versäumt, er weiß nicht wie und wann, mir ein Abwehrsystem zuzulegen, das Störungen und Turbulenzen von meinem Innern fernhalte. Er sagt: vom Mittelpunkt der Seele. Zumindest kleine Störungen, die ja nun wirklich nichts im Mittelpunkt der Seele zu suchen hätten. Dort, wo andere in der Lage seien, zu ignorieren, aufzuschieben oder zu vergessen, dort breche für mich bereits Panik aus. Nie käme ich auf diese Weise zur Ruhe, nie hätte ich Zeit, meine Verletzungen auszukurieren. Kaum beginne die eine zu heilen, schon ritzte ich mir an drei anderen Stellen die Haut von neuem auf.
Ich sage: »Menschenskind, woher weißt du das alles?«
»Ich weiß es eben.«
»Ist dir das beim Pinkeln eingefallen?«
Er sagt mir mit einer Handbewegung, daß ich nicht so demütigend dummes Zeug reden soll, wir sind in Handzeichen füreinander gut geübt. Ich antworte ihm mit meiner Handbewegung, daß er recht hat.
Nun gebe es viele Menschen mit übersteigertem Harmo-

niebedürfnis, fährt er fort. Er sei nicht einmal sicher, ob er nicht selbst dazugehöre. Doch was für Konsequenzen zögen diese Leute? Natürlich versuchten sie, Auseinandersetzungen die Schärfe zu nehmen, ja, sie nach Möglichkeit zu verhindern. Sie strengten sich an, ihre Verständigungsbereitschaft wie eine Fahne über dem Kopf zu tragen, um so den guten Willen der anderen herauszufordern. Sie vermieden Kollisionen, nicht etwa aus Feigheit, nicht etwa aus Anpasserei, sondern weil sie begriffen hätten, daß die Auseinandersetzung selbst ihnen schon Schaden bringe, ganz unabhängig von deren Ausgang. So und nicht anders, sagt er, verhielten sich halbwegs gescheite Leute, denen mit aller Welt gut Freund zu sein genausoviel bedeute wie mir. Wie aber sähen meine Konsequenzen aus?

Ich ertrinke im Suff, das Lokal schlägt mir über dem Kopf zusammen, und er hat nichts Besseres zu tun, als hirnverbrannte Theorien aufzustellen! Wo nimmt er auf einmal die Kraft her? Er erinnert mich an einen Boxer, der Pogatzki hieß, einen schmächtigen Burschen, der in den ersten beiden Runden kaum etwas zustande brachte, nur die Fäuste vor dem Kopf hielt und aussah, als wäre sein Untergang nur eine Frage von Sekunden. Doch jedesmal in der letzten Runde, als dem Gegner die Luft ausging, legte er los und riß die meisten Kämpfe aus dem Feuer. Ich schaffe es kaum, die Augen offenzuhalten, und Manfred ist plötzlich groß da und quatscht und redet und erzählt einem das Blaue vom Himmel runter.

Wie sähen also meine Konsequenzen aus? Ich zöge keine, behauptet er, ich nähme keine Rücksicht auf meine

Empfindsamkeit. Ich würde mir eher die Zunge abbeißen, als zu beschwichtigen. Dabei trüge ich Konflikte nicht etwa laut aus, mit starken Worten oder heftigen Aktionen. Ich reagierte auf sie in einer Weise, die er unheimlich still nennt. Ich ließe sie in mich hinein, einen wie den anderen, aber keinen wieder heraus. Da brauche sich keiner zu wundern, wenn eines Tages meine Kapazität erschöpft sei, so wie am Montag. Ich fräße sie in mich hinein und verdaute sie zu einer Art Verzweiflung. Am Montag – es sei doch Montag gewesen? – sei der Kessel nun explodiert, ein zwangsläufiges Ergebnis meiner Art, mit dem Leben umzugehen. Er behaupte nicht, schon lange darauf gewartet zu haben, das nicht. Doch heute, nachdem der Unglücksfall eingetreten sei, komme ihm alles sehr logisch vor. Er sagt: »Die Ereignisse machen uns klüger.« Es wäre ja ein Wunder gewesen, wenn es mir auf die Dauer gelungen wäre, mit dieser Methode durchzukommen. Mit einer Methode, die, kurz gesagt, darin bestehe, eine Suppe, die versalzen sei, immer wieder nachzusalzen.
»Bist du bald fertig?« frage ich.
Er schüttelt den Kopf. Er sagt, wer in besonderem Maße auf Harmonie angewiesen sei, der müsse in besonderem Maße etwas dafür tun. Das leuchtet ein. Ich will ihm zeigen, daß er nicht tauben Ohren predigt, so hebe ich das Bierglas und sage: »Wer besonders durstig ist, der muß besonders viel trinken.«
»Richtig!«
Er beginnt, Geschichten aus unserer Kindheit zu erzählen. Ich werde mich hoffentlich erinnern, sagt er, daß seine Freunde und meine Freunde so gut wie nie diesel-

ben gewesen seien. Stimmt übrigens. Er habe damals schon nicht verstehen können, was mich an meinen Leuten reizte. Sie seien zwar immer schön ausgeglichen und gesittet und zurückhaltend gewesen, doch leider auch die trübsten Tassen weit und breit. In seiner Truppe habe es Aufregungen nur so gehagelt, tagtäglich Mord und Totschlag, in meiner sei es zugegangen wie bei einem Kinderbegräbnis. Heute halte er die Zusammensetzung beider Freundeskreise für verkehrt. Es sei nicht in Ordnung, wenn die Friedfertigen und die Kriegerischen sich voneinander abkapselten, sondern sie müßten versuchen, in die jeweils andere Gruppe einzudringen und dort an Einfluß zu gewinnen. Sonst komme es zu Resultaten, wie ich eins darstellte.

Morgen kann er alles aufs Betrunkensein schieben, er hat es gut, er muß sich an nichts erinnern. Was aber tue ich, der ich immer noch jedes Wort verstehe? Das gequälteste Gesicht nützt mir nichts, die müdesten Augen bleiben unbeachtet, er ist nicht aufzuhalten.

»Wenn du es nicht merkst, dann muß ich es dir eben sagen: du fällst mir auf den Wecker.«

»Ich werde dir noch mehr auf den Wecker fallen. Du wirst dir jetzt anhören, was für ein seltsamer Zustand das ist, nach dem du Sehnsucht hast.«

Er ist nicht aufzuhalten, er rollt bergab. Nur ein Aufbruch würde helfen, wie aber kann ich ihn in diesem Zustand sitzenlassen? Nach Jahren findet er den Mut, in Ecken hineinzuleuchten, die er für meine dunklen hält – da soll ich gehen? Ich bringe es nicht fertig, ganz abgesehen von der Frage, ob mir die Flucht mit soundsoviel Schnaps im Bauch gelingen würde. Ich habe das Gefühl,

in einem falschen Zug zu sitzen, in einem sauschnell fahrenden Zug, der ohne Fenster ist. Es schüttelt mich durch, ich weiß, daß ich erst dann zur Ruhe kommen werde, wenn ich das nächste Glas getrunken habe. Wo bleibt die Schaffnerin? Was sagt er, richtig, der Zustand, nach dem ich mich angeblich sehne. Die Menschen, nicht zu viele, leben in einer zeitlosen, sanften Landschaft. Wer hungrig ist, der pflückt sich etwas. Und wer allein sein möchte, der zieht sich in den nahen Wald zurück. Allenthalben stapfen Bauern hinter Pflügen her, auch das Handwerk gilt wieder etwas. Alles ein großes Lächeln, das Friedlichsein ist oberstes und einziges Gebot. Ruhestörer werden mit unsichtbarer Gewalt zur Vernunft gebracht, doch mehr dem Gesetz nach als tatsächlich, denn es gibt kaum Ruhestörer. Es riecht nach ofenfrischem Brot und nach Maiglöckchen, selbstverständlich ist Mai. Bäche schlängeln sich vorbei, an ihren Ufern Angler und frohe, nicht zu laute Kinder. Seltsam hübsch sehen die Menschen aus, einer wie der andere, die Häßlichkeit ist ebenso verschwunden wie alle Launenhaftigkeit und aller Schmutz. Niemand hat Ansprüche, deren Erfüllung Kopfzerbrechen bereitet, dabei ist niemand anspruchslos, das Leben geht so leicht. Weil alles in Ordnung ist, braucht nichts geändert zu werden. »Und rechts unten«, sagt mein närrischer Bruder, »in die Ecke des Bildes, setzt du klitzeklein deinen Namen. Dann tritt der Meister bescheiden zurück und freut sich über sein gelungenes Werk. Gut so?«
Er hat die Ladung ausgekippt, sein Wägelchen ist leer. Es hätte schlimmer kommen können. Auch besser, er hätte nur den Mund zu halten brauchen. In meiner Hosen-

tasche fühle ich den messingnen Totenkopf. Ich glaube, mein Donnerstag und dieses Ding vertragen einander nicht.
Ich sage: »Was willst du überhaupt, Mensch? Mir eins auswischen?«
»Dir? Bist du verrückt? Warum sollte ich gerade dir eins auswischen wollen?«
»Das frage ich mich auch.«
»Eins kannst du mir glauben, mein Lieber.«
»Ja?«
In einer kleinen Periode des Blickwechselns fällt er plötzlich vom Stuhl. Er hat sich falsch aufgestützt, vielleicht unvorsichtig weit zur Seite gelehnt, auf einmal ist er nicht mehr da. Ein Vorübergehender beugt sich zu ihm hinab, auch ich stehe auf und tue mein Weniges, wir helfen ihm mit vereinten Kräften auf den Stuhl zurück. »Na sowas!« sagt er. Der Helfer sagt: »Kann jedem passieren.«
Manfred setzt sein leeres Bierglas an den Mund und bemerkt lange nicht, daß ihm kein Bier entgegenfließt. Ich schiebe ihm mein Glas hinüber, in dem noch ein paar Schlucke sind, er sieht es nicht. Er ist mit seiner Sache noch nicht fertig, er sagt: »Wie du nur glauben kannst, ich wollte dir eins auswischen.«
»Das glaube ich ja gar nicht.«
»Hast du aber eben gesagt.«
»War ein Witz.«
»Ich wollte dir nur helfen.«
»Weiß ich doch.«
»Vielleicht ein bißchen ungeschickt?«
»Ach was, wir haben beide schön einen drin. Wer will da groß geschickt sein.«

»Ich dachte, du mußt erfahren, was mit dir los ist. Du mußt deine Situation begreifen.«
»Ist mir nicht entgangen.«
»Ich meine, das Absurde daran.«
»Natürlich.«
»Das Irreale.«
»Klar doch.«
»Ich habe das nämlich schon lange bemerkt an dir. Schon seit Jahren.«
»Was?«
»Aber ich habe es nie ernst genommen. Ich dachte: Der Junge fängt sich wieder, das geht vorbei. Und auf einmal dieser Knall.«
»Was hast du schon lange bemerkt?«
»Daß du keine Zuversicht mehr hast.«
»Daß ich was nicht habe?«
»Ich weiß kein besseres Wort. Daß du einer von diesen kalten Hunden zu werden versuchst. Aber du kannst das nicht durchhalten. Du nicht.«
»Einer von welchen kalten Hunden?«
»Laß mich in Ruhe.«
In seinen Augen tut sich etwas, die Rührung wieder, die verfluchte Rührung. Vielleicht versuche ich tatsächlich, ein kalter Hund zu werden, und ich schaffe es nicht, vielleicht ist dort tatsächlich eine der Quellen, aus denen mein Unglück kommt. Soll ich mir jetzt, am Ende des Donnerstags, den Kopf über eine Angelegenheit zerbrechen, die man sich nach Belieben zurechtdenken kann? Er mußte zwanzig Schnäpse trinken, um so über mich herzufallen. Nie hat es groß Ratschläge oder Ermahnungen zwischen uns gegeben, der Sektor *Liebe* in unserem

Verhältnis bestand zumeist aus schweigendem Einverständnis. Wer es wagte, Lebensweisheiten zu verkünden, der konnte sich auf was gefaßt machen.
Also, was ist nun mit der Zuversicht, fehlt sie mir? Ich hatte einmal mehr davon, ich erinnere mich genau. Ich hatte einmal so reichlich Zuversicht, daß ich glaubte, alle Probleme befänden sich von Natur aus auf dem Weg zu ihrer Lösung. Ich glaubte, das Handanlegen könnte den Vorgang wohl beschleunigen, an seinem ehernen Verlauf jedoch nichts ändern. Schön, nehmen wir an, ich hätte keine Zuversicht mehr, nehmen wir an, er hätte es scharfsichtig herausgefunden, und weiter? Hilft es einem, der ein Bein verloren hat, wenn man ihm mitteilt, daß ihm nur noch ein Bein zur Verfügung steht?
Ich will nicht leugnen, daß es sich mit Zuversicht besser lebt als ohne. Nur traue ich ihr solch eine Macht über mich nicht zu. Kann man nicht mangelnde Zuversicht bekämpfen, indem man zuerst das eine tut und dann das nächste und dann das übernächste, indem man sich stur an eine Reihenfolge hält und nicht nach links und nicht nach rechts sieht? Er sagt, schon lange sei ihm mein Zustand aufgefallen, nur habe er ihn nicht gebührend ernst genommen. Bei besserer Gelegenheit werde ich ihn fragen, was mich verraten hat. Ich möchte nicht den Eindruck einer in Not geratenen Person erwecken. Allerdings sieht die Zukunft gerade in dieser Hinsicht düster aus: ein Selbstmordversuch wird allgemein als Hinweis auf eine Notlage angesehen.
Ich finde die Toilette am Ende eines langen Korridors, der so schmal ist, daß man ihn unmöglich passieren kann, ohne die Wände zu berühren. Auf den Kacheln über dem

Becken, in Augenhöhe, lese ich einen Spruch: *Auch das wird dir nichts nützen.* Hinter mir rüttelt ein winziger junger Mann vergeblich an einem Automaten, in dem seine Münze verschwunden ist.

Auf dem Rückweg begegnet mir unsere Kellnerin. Ich gehe auf sie zu wie auf jemanden, den man seit langem sucht. Wir stehen uns gegenüber, weil man nicht aneinander vorbeikommt in dem Flur, wenn es der andere nicht zuläßt. In ihren Augen lese ich: Was gibt es? Ich lege ihr die Hand auf den Hintern. Ich kann nicht sagen, was ich mir davon verspreche. Während ich die verlockend feste Rundung spüre, die von einem Gummiband, einem kleinen Wall, überzogen wird, beschäftigt mich die Frage, ob ich verrückt geworden bin. Noch nie in meinem Leben habe ich solch einen Griff angewendet, ich meine, in einem Kneipenflur, bei einer fremden Frau. Er hat in meinen Augen nichts Verwerfliches, der Griff, nur etwas beschämend Überstürztes. Die Frau nimmt, ohne Eile, meinen Arm und schafft ihn von sich fort, sie ist geübt im Umgang mit Betrunkenen. Sie sagt: »Jetzt haben Sie bloß noch eine heile Hand und machen damit sowas.«

Ich bin ihr dankbar, weil sie keine große Geschichte daraus macht. Wenn mir eine hübsche Entschuldigung einfiele, würde ich sie ohne Zögern herausbringen, doch in meinem Kopf ist nichts los. Ich nehme mir vor, ihr später ein gutes Trinkgeld zu geben. Habe ich es wirklich gewagt, die Hand auf den Hintern einer wildfremden Frau zu legen?

»Ihr Herr Zwilling macht es nicht mehr lange«, sagt sie, als ich nicht weitergehe.

»Sie hätten hören sollen, in welchen Tönen er von Ihnen gesprochen hat.«
»Ich kann es mir denken.«
Als ich wieder am Tisch bin, sage ich zu Manfred, daß keine Kneipe gut genug ist, um den Rest des Lebens darin zu verbringen. Es sei wohl möglich, daß wir uns in den letzten Jahren zu wenig in Kneipen herumgetrieben hätten, doch könnten wir nicht alles an diesem einen Abend nachholen. Er reagiert nicht. Er hat den Kopf in beide Hände gestützt und hält ihn gesenkt, als gäbe es auf der Tischplatte wunder was zu betrachten. Ich sehe notgedrungen auf sein Haar, das mir am Scheitelende ein wenig dünn zu wachsen scheint. Entweder ist es ungeschickt gekämmt, oder ich habe den Anfang einer Glatze vor mir. Ich werde morgen den Fall im Spiegel prüfen.
Ich sage, daß wir uns unbedingt öfter treffen sollten, in einem festen Turnus, auch wenn das klinge wie der Vorschlag eines Bürokraten. Es sei nicht gut, daß uns nur noch Geburtstage oder Unglücksfälle zusammenführten.
An einem ruckartigen Absinken seines Kopfes merke ich, daß er schläft. Ich blicke ihm von unten ins Gesicht, das zwischen seinen Händen eingequetscht und in den Proportionen ganz verschoben ist. Ich weiß aus eigener Erfahrung, daß es sich um kein leichtes Schläfchen handelt, das durch ein Tippen gegen die Schulter beendet werden könnte. Man wird ihm wie wahnsinnig auf den Rücken dreschen müssen, dann wacht er auf, fragt ärgerlich »was ist denn los?« und schläft gleich wieder ein, ich kenne das. Ich trage für den Rest des Abends die Verantwortung. Die Uhr an seinem Handgelenk zeigt eine

merkwürdig frühe Zeit an, kaum elf. Ich räume Aschenbecher und Gläser für den Fall zur Seite, daß ihm der Kopf aus den Händen gleitet.
Ich brauche einen Plan, es gibt zwei Möglichkeiten: entweder ich schaffe ihn zu mir nach Hause, oder ich setze ihn in den Zug. Was hat er morgen vor? Ich bin nicht in Entscheidungslaune, ich weiß nur, daß schreckliche Anstrengungen verlangt werden, und zwar von mir. Wir werden von diesem Tisch aufzustehen haben, wir werden unsere Mäntel anziehen müssen, zuerst finden und dann anziehen. Wir werden durch das ganze Lokal gehen und auf die Straße treten müssen, so mühsam fangen beide Wege an, zum Bahnhof wie zu mir. Doch es eilt nicht, es ist noch Zeit, sich zurückzulehnen. Ich schließe die Augen und spüre sofort eine kleine Zufriedenheit. Ich möchte zehn Sekunden schlafen, nur zehn Sekunden, ich habe Anspruch auf denselben Schlaf wie er. Im Entschwinden denke ich: Wenn ich nur ein kleines bißchen Glück habe, wecken sie ihn zuerst, und dann muß er entscheiden. Die Chancen stehen fifty-fifty, eigentlich stehen sie besser als fifty-fifty, er hat keinen gebrochenen Arm. Wenn sie den Gips sehen, denken sie doch gleich, daß er die Verantwortung trägt, für Invaliden tragen immer andere die Verantwortung. Ich ziehe mit letzter Kraft den Ärmel ein wenig hoch, damit mein Gips nicht übersehen wird. Außerdem habe ich sein Messingglück in der Tasche, und noch immer ist Donnerstag. So einen langen Donnerstag hat es noch nie gegeben. Auch wenn er mein Bruder ist – warum soll ich den kleinen Vorteil nicht ausnutzen? Schließlich weiß er genausogut, wo der Bahnhof ist und wo ich wohne.

Aber es erwischt mich. Erbarmungslos wird an mir herumgerüttelt, es ist die nette Kellnerin, ich höre es tief in den Schlaf hinein. Sie sagt fortwährend »Hier wird nicht geschlafen!«, »He, Sie!« und »Aufwachen, Chef!« Warum sagt sie das nicht zu ihm? Doch ihre Stimme klingt, im Gegensatz zum lauten Rütteln, verhalten, als wollte sie die Angelegenheit ohne Aufsehen klären. Ich merke, daß es aussichtslos ist, sich totzustellen. Ich tue ihr den Gefallen, öffne die Augen und frage: »Warum haben Sie ihn nicht geweckt?«
»Das überlasse ich Ihnen.«
»Sehr freundlich. Sie hätten ihm doch überlassen können, mich zu wecken?«
Sie lächelt, wie über den dummen Einfall eines Betrunkenen. Dabei ist meine Frage vollkommen vernünftig. Sie wird mich nicht mehr schlafen lassen, soviel steht fest; kaum klappt man seine Augen zu, schon stößt sie einen wieder an. Mit Schaudern erinnere ich mich an die schweren Aufgaben, die vor mir liegen. Manfred, dieser Glückspilz, hat sich inzwischen aus seinen Armen ein Kissen zurechtgemacht, auf dem sein Kopf ruht. Wie ein Wachhund steht sie neben dem Tisch und rührt sich nicht.
»Ich möchte zahlen.«
»Ist schon erledigt.«
»Wieso erledigt?«
»Sie können gerne noch einmal bezahlen. Ich habe nichts dagegen.«
Er schläft wie eine junge Katze und hat schon längst bezahlt, mir soll es recht sein. Er hätte auch die übrigen Aufgaben hinter meinem Rücken lösen können, das Zah-

len war die leichteste. Sie fragt, ob sie mir eine Tasse Kaffee bringen soll. Auf Kaffee wäre ich nicht gekommen, Kaffee klingt gut, ich nicke. Da geht sie davon und ist doch nicht so furchtbar, wie es eben noch schien. Ich lasse Manfred auf seinen Armen liegen. Man sieht, daß er der betrunkenere von uns beiden ist, und darum hat es mich erwischt. Ich schlafe nicht noch einmal ein, ich will sie nicht enttäuschen. Gleich muß ich Kaffee trinken und nachdenken, ich sitze kerzengerade da und warte auf beides.
Als sie kommt, braucht sie mich nur leicht anzutippen, schon sind meine Augen offen. Ich sehe den kohlrabenschwarzen Kaffee, der in der Tasse noch hin und her schwappt, und bedanke mich, ich sage: »Das werde ich Ihnen nie vergessen.«
»Werden Sie mal nicht überschwenglich.«
Sie schiebt die Tasse ein wenig näher und dreht sie so, daß der Henkel zu meiner gesunden Hand hin zeigt. Das wirft mich um. Ich habe Tausende von Tassen in meinem Leben leergetrunken, noch nie hat sich jemand darum gekümmert, in welche Richtung der Henkel zeigte. Ich glaube, ich könnte für sie durchs Feuer gehen. Sie sagt: »Schlafen Sie nicht wieder ein.«
»Wo denken Sie hin.«
Ich schlürfe den Kaffee, mit dem die Zukunft anfängt, dann sehe ich zu ihr nach oben und lächle. Es wäre ein Fehler, jetzt etwas Nettes zu sagen, es würde alles verderben; nette Worte von Betrunkenen haben kein Gewicht, das weiß ich sogar jetzt. Wenn ich sie unbedingt wiedersehen will, brauche ich nur wiederzukommen. Ich kann sie nicht fragen, ob Manfred ihr ein gutes Trink-

geld gegeben hat, beim besten Willen nicht, auch wenn sie wieder unbeweglich dasteht. Ich glaube, daß Kellner in erster Linie von Trinkgeldern leben, man muß das nüchtern sehen. Ich frage, ob sie uns, als letzte ihrer Freundlichkeiten, auch noch ein Taxi ruft.
»Weil Sie es sind.«
Das Kaffeetrinken erledige ich wie eine Schulaufgabe, dann fange ich an, Manfred zu wecken. Mit Mühe schiebe ich die Hand zwischen ihn und seine Kissenarme. Ich hebe seinen Kopf hoch, der schwer wie ein kopfgroßer Stein ist. Die Regeln der Kunst schreiben vor, daß ich ihm nun mit der zweiten Hand sanfte Ohrfeigen zu geben hätte. Doch obwohl ihm die erspart bleiben, bedeckt sich seine Stirn mit sogenannten Unmutsfalten. Ich schimpfe, ich drehe seinen Kopf nach links und nach rechts, bis meine Kraft zu Ende geht. Jemand sagt: »Hören Sie auf, den armen Mann so zu quälen«, ich habe selten etwas Überflüssigeres gehört. Ich rufe ins Blaue: »Was wissen Sie denn!«, doch notgedrungen lege ich den schweren Kopf zurück auf seine Arme. Ich zünde mir eine an und blase ihm den Rauch ins Gesicht.
»Ihr Taxi ist da.«
Die Kellnerin ist von ihrer Hilfsaktion zurückgekehrt und hält sogar zwei braune Mäntel überm Arm, der Engel, am Ende unsere. Ich deute auf meinen glücklichen Bruder und sage, ich hätte das Menschenmögliche versucht. Zum Beweis schiebe ich ihm noch einmal die Hand unters Kinn und lasse seinen Kopf aus geringer Höhe fallen.
»Sie müssen ihn auf die Beine bringen«, rät sie mir, »wenn er erst steht, dann geht es auch weiter.«

»Der kippt doch gleich wieder um.«
»Wenn Sie einen besseren Vorschlag zu machen haben, dann bitte sehr.«
»Ich habe den noch nie so blau gesehen. Wir kennen uns schon lange, das können Sie mir glauben. Aber so blau war der noch nie.«
Der Weg zum Taxi ist unbeschreiblich schwer, es geht sich wie bergauf und wie durch zähen Schlamm. Manfreds Arm liegt um meine Schulter, die Kellnerin hält ihn von der anderen Seite fest, warum tut sie das nur? Den Ratschlägen, die uns verfolgen, entnehme ich, daß unser Anblick für die einen Gäste lächerlich, für die anderen mitleiderregend ist. Die Kellnerin erinnert mich in letzter Sekunde daran, daß ich ihr noch das Geld für einen Kaffee schulde. Es enttäuscht mich, irgendwie enttäuscht es mich, ich dachte, wir wären über diesen Punkt hinaus. Ich sage, dies sei kein glücklicher Moment für eine solche Forderung. Ich würde ihr den Kaffee und so weiter aber nicht vergessen, bestimmt nicht, sage ich, ich käme wieder.
»Na hoffentlich.«
Auch im Taxi, in dem es still und bequem sein könnte wie im Paradies, komme ich nicht zur Ruhe. Der Fahrer, ein Lederhut über einem breiten Rücken, fragt: »Wo soll es hingehen, Meister?«
Da Manfred, der sich sofort auf den Sitz gelegt hat und mir kaum ein Eckchen übrigläßt, nicht gemeint sein kann, muß ich antworten.
»Gute Frage.«
Ich winke durch die Scheibe der Kellnerin nach, die in ihre Kneipe zurückkehrt und, trotz der Kaffeegeschich-

te, immer noch großartig ist. Warum läßt man mich nicht einmal hier in Ruhe? Andauernd fragen sie einen und erzwingen Antworten, die man nicht geben will. Dieser Sack von einem Bruder ist eine wunderbare Hilfe! Der denkt, er braucht nur herzukommen und sich zu besaufen, schon hat er mich geheilt. Der denkt, ich muß jetzt infiziert sein von seiner Lebenslust. Die stecken alle so tief in ihrem Krimskrams drin, daß sie keinen Blick mehr dafür haben, was bei uns draußen los ist und wo es langgeht. Wahrscheinlich ist dieser Taxifahrer auch so ein armes Luder: fragt einen, wohin er fahren soll, man sagt es ihm, schon kennt er keine Sorgen mehr, bis man angekommen ist. Der einzige, der mir nicht leid zu tun braucht, bin doch ich!
Der Fahrer dreht sich zu uns um und ist ein alter Kerl. Es stört ihn nicht, daß Manfred schläft, er hat ja mich zur Unterhaltung. Er sagt mit einer Stimme, die vor Selbstbeherrschung strotzt: »Wenn Sie wollen, kann ich Ihnen ein paar Vorschläge machen.«
Ich nenne ihm das erste Wort, das erkennbar aus einem trüben Durcheinander auftaucht, es lautet: »Bahnhof.«
»Das ist mal eine Auskunft!«
Er fährt gehässig schnell los, als wollte er uns zeigen, wieviel Zeit wir ihm schon gestohlen haben. Mich läßt das kalt, und Manfred zeigt er sowieso nichts. Der wird morgen aufwachen und überlegen, ob es ein guter Einfall gewesen ist, mich zu besuchen. Er wird mich anrufen und fragen, ob ich auch so einen mörderisch schweren Kopf habe, und ich werde sagen: Genauso einen. Er wird mich fragen, ob sonst alles in Ordnung ist, der arme Kerl, ich werde antworten: Alles bestens. Er wird erklä-

ren, warum er soviel getrunken hat, er wird hundert Gründe nennen, nur nicht den einen wahren. Ich nehme seinen Totenkopf aus der Hosentasche. Ein Glück, daß mir das noch einfällt, ich stecke ihn in seinen Mantel. Wahrscheinlich wird er sich morgen nicht erinnern, daß er ihn vorübergehend los war; er wird sich höchstens wundern, wie das Ding aus seiner Hosentasche in den Mantel kommt. Mir nützt der Talisman wirklich nichts, sonst würde ich ihn behalten, auch wenn es tausendmal mein Bruder ist.

Ich weigere mich, schon jetzt an die Höllenqualen zu denken, die auf dem Bahnhof lauern. Ich mache lieber die Augen zu, vor diesen Qualen und weil ich unwahrscheinlich müde bin. Ein hübsches Träumchen wäre mir jetzt recht, ich wüßte eins: die Kellnerin käme darin vor, sie würde mich schon erwarten. Es wäre eine Weile nicht anders als mit anderen Frauen, doch plötzlich würde ich in ihren Haaren oder unter ihren Kleidern ein winziges Fenster entdecken, gerade groß genug für ein Auge. Ich wußte schon immer, daß manche Frauen vor allem deshalb Kleider tragen und ihre Haare wachsen lassen, um etwas zu verstecken. Ich wußte nur nicht, was es ist. Ich riefe: Mein Gott, ein Fenster! Und sie würde sagen: Sieh hindurch. Ich würde es tun, ich würde die Nase tief in ihr Fleisch drücken, um mit dem Auge so nah wie möglich an das Fensterchen heranzukommen. Einige Wimpern knickten mir dabei um, doch das würde mich nicht stören.

11

Ich ertrinke, vielleicht ersticke ich auch, was ist das? Ich muß mich wehren, bevor es zu spät ist, ich packe zu und kriege etwas Flüchtendes zu fassen. Das beklemmende Gefühl hört auf. Dafür fängt ein Kind zu schreien an, ich höre es deutlich und überlaut, was ist das für ein Kind, und warum brüllt es? Es will sich von mir losreißen, ich wache auf und sehe tatsächlich ein Kind, das viel zu klein ist für meinen groben Griff.
»Warum hast du mir die Nase zugehalten?«
Die Mutter kommt hereingestürzt. Richtig, wir haben Freitagmorgen, Frau Winter. Ich lasse ihr Kind los, es fällt hin und kriecht die wenigen Schritte zur Mutter, wo es aufgehoben wird. Frau Winter fragt erstaunt: »Sie sind noch hier?«
»Sie hat mir die Nase zugehalten. Ich habe wunderbar geschlafen.«
»Entschuldigen Sie, wir dachten, die Wohnung wäre leer. Und es ist ein Junge«, sagt sie und wischt mit einem Taschentuch dem Bengel die Tränen weg.
Ich muß erklären, warum ich noch zu Hause bin, mit zerspringendem Kopf muß ich Auskunft geben, das hört nie auf. Sie hat schon in der Diele staubgesaugt, bei offener Tür, doch erst der Bengel mußte kommen und mich wecken. Jemand sei unverhofft krank geworden, da habe sie ihn mitbringen müssen. Sie fordert ihn auf, zu mir zu gehen und mir die Hand zu geben. Ich sei ein guter Onkel. Aber das Kind ist nicht bereit dazu.

Der Telephonhörer baumelt vom Schreibtisch herab, wahrscheinlich hat das Kind ihn von der Gabel gerissen. Was hat es noch angestellt? Oder sollte ich selbst nachts am Telephon gewesen sein? Habe ich Tilly angerufen und ihr gesagt, daß ich ohne sie nicht länger leben kann? Das wäre ein gelungener Spaß, ich habe entweder von Tilly geträumt oder sie angerufen, ich war ja fast besinnungslos. In zwei, drei Wochen werde ich mich bei ihr melden, ein kleines Gespräch anfangen und darauf achten, wie ihre Stimme klingt.
Als ich in der Küche sitze, verliert das Kind allmählich seine Schüchternheit. Frau Winter will mir unbedingt zwei Spiegeleier braten, da beschließe ich, in die Redaktion zu fahren. Es bringt keinen Nutzen, noch ein paar Tage damit zu warten, die Zeit ist nicht auf meiner Seite. Im Gegenteil, je länger ich mich dort nicht blicken lasse, um so wichtiger müssen sie meine Rückkehr nehmen. Es würde sich nur dann lohnen, das lange Wochenende abzuwarten, wenn ich Verwendung dafür hätte. Nicht einmal mehr mit Sarah kann ich es verbringen.
Ich bitte Frau Winter, mir die Schuhe zuzubinden, das Kind ist zu klein dafür. Sie ist der Meinung, ich müßte unbedingt den Arm in einer Binde tragen; das Herunterhängen, behauptet sie, behindere die Blutzirkulation und erschwere den Heilprozeß. Als ich sie frage, warum man mir nicht im Krankenhaus diesen Rat gegeben hat, sagt sie: »Hören Sie auf mit den Ärzten.«
Ich ziehe den Pullover von gestern an, den einzigen, durch dessen Ärmel der Gips hindurchpaßt. Ich möchte nicht, daß ein leerer Ärmel die Meute schon von weitem auf mich scharfmacht.

Der Zeitungspförtner nickt mir über einer Illustrierten zu. Er hat mich nicht vermißt, das ist ein guter Auftakt. Ich wünschte, ungesehen in mein Büro zu kommen und mich durchs Telephon allmählich wieder in die Zeitungsangelegenheiten einzuordnen. Schon daran wird es scheitern, daß ich kein Büro habe, ich meine kein eigenes. Ich muß mir das Zimmer mit zwei Kollegen teilen, mit Gilbert, der jede Nachricht auf jede gewünschte Länge bringen kann, und mit Plattner, meinem Freund. Und bis ich dort bin, muß ich an Batterien von Sekretärinnen vorbei, die ein Lebender noch nie unbemerkt passiert hat.

Im leeren Fahrstuhl ziehe ich den Mantel aus und hänge ihn über die linke Schulter. Der Freitag surrt in den Korridoren. Kein Mensch kann mich zwingen zu erzählen, was ich für mich behalten möchte, wozu die Angst? Eine Grimasse lang warte ich noch vor der entscheidenden Tür, dann gehe ich mit forschen Schritten durch den großen Raum. Ich sehe Sekretärinnenrücken und rauchende Köpfe, am Freitag braucht jeder rasch noch eine Reinschrift. Das Schreibmaschinengeklapper ist das wohnlichste Geräusch, das ich kenne. Doch was sie schreiben müssen, was sie schreiben müssen!

Ich habe die Klinke zu meinem Zimmer schon in der Hand, als der Ruf »Kilian ist wieder da!« ertönt. Da gibt es nur eins – ich bleibe mit toten Augen stehen und sage zu den Gesichtern, die sich mir, eins nach dem anderen, zuwenden: »Einen wunderschönen guten Tag allerseits.«

»Was war mit Ihnen los?« vernehme ich ein Stimmchen, das man nicht unbedingt gehört zu haben braucht. Sie

wissen es nicht, ich habe mich umsonst gefürchtet, sie ahnen nichts. Sonst könnten sie mich nicht alle so unbefangen ansehen, sie sind Sekretärinnen und keine Greta Garbos. Ich winke wie ein gutgelaunter Bürovorsteher und gehe durch die letzte Tür.
Im Zimmer ist nur Gilbert. Er sitzt an meinem Schreibtisch, weil angeblich dort das Licht günstiger ist als an seinem. Er nickt mir flüchtig zu, als hätten wir uns vor einer Viertelstunde zum letztenmal gesehen. Ohne den Blick von einem Blatt Papier zu lassen, steht er auf und geht zu seinem eigenen Tisch. Er weiß es auch nicht, also weiß es keiner, mir bleibt ein großes Elend erspart.
Ich sortiere die Post auf meinem Tisch und lese auf einem Zettel die Mitteilung, daß der Chef mich zu sprechen wünscht. Sie ist zwei Tage alt. Die Kellnerin fällt mir ein, die ich ums Geld für eine Tasse Kaffee prellen muß: ich weiß nicht mehr, wo ihr Lokal liegt! Im selben Augenblick, da mir das klar wird, spüre ich den Wunsch, sie zu sehen. Natürlich. In den nächsten Tagen wird sie mir immer begehrenswerter vorkommen, zwei Wochen lang, ich kenne das. Sie hat den Henkel meiner Kaffeetasse nach rechts gedreht, nie werde ich ihr das vergessen. Vielleicht versuche ich es am Sonnabend und klappere in jener Gegend alle Kneipen ab.
»Krank gewesen?« höre ich Gilbert fragen.
»Armbruch.«
»Ach was.«
In dieser Zeitung wird viel gefragt und wenig hingehört. Mit seinem pausenlosen Schreiben will er demonstrieren, daß viel in einer Redaktion zu tun ist, in der seit Tagen ei-

ner fehlt. Und ich sitze da und krame in Briefen. Gilbert hat nichts gegen mich, ich bin ihm aber auch nicht besonders sympathisch. Er hält mich für einen liederlichen Menschen, den seine schnelle Auffassungsgabe an zielstrebiger Arbeit hindert. Nie würde er sich unterstehen, mir anders als mit Andeutungen einen Vorwurf zu machen. In spätestens drei Jahren wird er pensioniert.
»Links oder rechts?« fragt er ohne Neugier.
»Rechts.«
»Auch das noch.«
Ich lese Anfänge von Briefen, bis eine der Sekretärinnen den Kopf ins Zimmer steckt und sich erkundigt, ob ich die Nachricht des Chefs gefunden hätte.
»Laßt mich doch erst mal Atem schöpfen, Kinder!« rufe ich gequält.
»Schon gut, schon gut.«
Gilbert folgt ihr mit seinem vollgeschriebenen Blatt nach draußen, man läßt mich Atem schöpfen. Gleich wird der Chef erfahren, daß ich längst hier bin und ihn warten lasse. Er wird wütend sein oder nicht, was ist das plötzlich für ein Mut, der mich so gleichgültig macht? Was habe ich für Sicherheiten? Ich rufe Manfred an, obwohl private Ferngespräche nicht gern gesehen werden.
In seiner Rechenanstalt ist er nicht, sie können mir nicht sagen, wo er steckt. Na, wo schon, er wird zu Hause liegen und weder leben noch sterben können. Für zehn Mark habe ich dem Zugschaffner das Versprechen abgekauft, ihn an der richtigen Station wachzurütteln. Fünf wären auch genug gewesen, doch ich wollte sichergehen.
Er meldet sich mit der Stimme eines Gefolterten, der

Schaffner war eine ehrliche Haut. Bei solch einer Stimme ergreift mich sofort Mitleid, bei meinem Bruder wie bei jedem anderen, was habe ich ihm Wichtiges mitzuteilen? Ich sage, ich riefe nur an, um zu erfahren, ob er glücklich zu Hause angekommen sei.
»*Glücklich* ist nicht das richtige Wort«, sagt er.
»War etwas nicht in Ordnung?«
»Ich kann mich nicht erinnern. Weißt du vielleicht, ob ich getrunken habe?«
»Schon möglich.«
»Ich habe bestimmt getrunken.«
»Jedenfalls hast du hinter meinem Rücken die Kneipenrechnung bezahlt. War sie hoch?«
»Auch daran kann ich mich nicht erinnern. Woher hat der Kerl in der Eisenbahn gewußt, an welcher Station ich aussteigen mußte?«
»Ich habe ihn eingeweiht.«
»Er war sehr rabiat, das muß ich sagen. Er hat mich nicht in Ruhe gelassen, bis ich aus seinem verdammten Waggon gestiegen war. Wenn ich nüchtern gewesen wäre, hätte der mich nicht so behandeln dürfen.«
Ich stelle mir die Szene vor, zehn Mark sind nicht zuviel gewesen. Ich sage: »Erinnerst du dich wenigstens, in was für einer Kneipe wir zuletzt gesessen haben?«
»Sie hatten rot-weiß karierte Decken auf den Tischen. Warum fragst du?«
»Ich habe meinen Schal liegengelassen.«
»Seit wann trägst du Schals?«
Plattner kommt ins Zimmer, er reißt die Tür mit dem Schwung der Erwartung auf. Nach drei Schritten sieht er den Hörer in meiner Hand, bleibt stehen und will nicht

stören. Er zwinkert mir zu und drückt mich symbolisch an sich. Es gibt nicht viele in der Redaktion, die mein Wiederkommen freut. Ich kneife zur Begrüßung beide Augen zu.
Dann sage ich zu Manfred: »Es könnte sein, daß ich Tilly nachts angerufen habe.«
»Was heißt – es könnte sein? Hast du sie angerufen oder nicht? Und was hast du ihr gesagt?«
»Das ist ja das Problem. Ich weiß es nicht.«
»Verstehe.«
Ich höre ihn eine Zigarette anzünden. Plattner fragt leise, ob es noch lange dauere, ich zucke mit den Schultern. Er flüstert, ich dürfe mich nicht von der Stelle rühren, bevor er zurück sei, dann geht er wieder hinaus. Einmal haben sie ihn verhaftet. Er soll im Dienste einer fremden Macht, so hieß es wörtlich, Informationen gesammelt haben. Man braucht ihn sich nur anzusehen, Plattner ist ein Nervenbündel. Ich war erstaunt darüber, für wie dämlich sie offenbar die fremde Macht halten. Sieben Wochen haben sie ihn dringelassen. Die Redaktion dampfte vor Empörung, und zwar vor Empörung über Plattner. Ich schickte ihm einen Brief ins Untersuchungsgefängnis, vielleicht als einziger, und besuchte seine Frau. Das vergißt er mir nie. Ich erinnere mich noch, daß mir in jenen Tagen Die Sache zum erstenmal in den Sinn kam.
»Ich hätte dich heute sowieso angerufen«, sagt Manfred.
»Das dachte ich mir.«
»Ich frage mich, ob der Besuch einen Sinn gehabt hat. Wenn man davon absieht, daß es von Natur aus gut ist, wenn wir uns treffen.«

»Du meinst, du weißt nicht, ob ich jetzt weiter von dieser Sache entfernt bin als vorher?«
Es nützt nichts, ihm die Formulierung abzunehmen, er bringt es nicht fertig, ein *Ja* zu antworten. Er zieht an seiner Zigarette und flüchtet in einen dünnen Husten. Mir fällt ein, daß es Tilly war, die nach der Scheidung aus der Ehewohnung ausgezogen ist, nicht er. Das heißt, ich kann sie gar nicht angerufen haben, ich kenne ihre neue Nummer nicht. Ich sage: »Du meinst, du weißt nicht, ob du mich ein Stück von dieser Sache fortgezerrt hast?«
»Ginge das denn?«
»Du bist vielleicht ein Ochse.«
Gilbert kommt zurück und legt einige Blätter auf meinen Tisch. Er hat mir damals, als Plattner verhaftet worden war, anvertraut, daß er schon lange ein seltsames Gefühl bei Plattner gehabt habe; bevor noch etwas geklärt war, ist er mit seinen Sachen an Plattners Schreibtisch umgezogen. Er leidet an der Überzeugung, daß sein Schreibtisch an der ungünstigsten Stelle steht. In den sieben Wochen bis zu Plattners Rückkehr ist er viermal hin und her gezogen. Ich hatte auf der Zunge, ihm zu sagen, er könne sich die Umzüge getrost sparen: die ungünstigste Stelle ziehe jedesmal mit ihm mit. Doch er ist immer so unglücklich.
Manfred fragt, ob er mir gestern Ratschläge für mein künftiges Leben erteilt hätte, und falls ja, welche. Ich antworte, daß er froh sein soll, nichts mehr davon zu wissen. Wir verabreden uns für das nächste Wochenende, oder fürs übernächste, bei ihm. Er sagt, die Kneipe könnte *Zum Anker* heißen, über der Theke hänge ein Anker, den sehe er jetzt noch vor sich.

Ich bin noch nicht wieder der alte. Früher hätte ich Gilberts Blätter ohne Zögern genommen, wenn auch nicht ohne Unbehagen, und durchgesehen. Jetzt spüre ich eine so heftige Abneigung, daß ich mich nicht überwinden kann, die Hand auszustrecken. Das Papier liegt niederträchtig da und belauert mich.
»Du siehst schlecht aus«, sagt Gilbert.
Ich frage, was mit den Blättern los sei, er antwortet, für Sonntag müsse zu einem der drei Themen ein Kommentar geschrieben werden, von mir. Ich muß sie nehmen, ich gebe meine letzte Hand her und nehme sie, die Blätter haben mit Erfolg gewartet. Die Auswahl ist nicht üppig: ich habe mich zwischen dem irakisch-iranischen Krieg, den Urteilen türkischer Militärgerichte und der Wahl eines gewissen Niemand zum Präsidenten, die den Amerikanern bevorsteht, zu entscheiden. Was soll man da kommentieren, ich bin dagegen, ich bin so gut wie gegen alles, was es zu kommentieren gibt. Und Gilbert starrt mich an, als liege es in meiner Hand, uns in den Himmel oder in die Hölle zu befördern. Das waren noch Zeiten, als sie mich über Titelkämpfe und Aufwärtshaken und Rudi Gildemeisters sagenhafte Linke Gerade schreiben ließen!
»Hast du vorhin nicht behauptet, du hättest dir den rechten Arm gebrochen?« fragte Gilbert schmaläugig.
»Unsinn, es ist der linke. Siehst du das nicht?«
»Natürlich sehe ich es. Ich könnte schwören, daß du *rechts* gesagt hast.«
»Mir darf man nicht trauen, das weißt du doch inzwischen. Ich nehme diesen Krieg.«
»Dreißig Zeilen«, sagt er mürrisch, wendet sich wieder

seiner Arbeit zu und ist im Nu in einer Nachrichtensache versunken.
Ein Vogel sitzt auf dem Fensterbrett, eine vollgefressene blaue Taube, die so laut gurrt, daß sich kein Mensch konzentrieren kann. Ich nehme das oberste der drei Themen vom Tisch, knülle es zusammen und werfe es gegen die Scheibe. Als die Taube weggeflogen ist, sagt Gilbert, man müßte etwas gegen diese Taubenplage unternehmen.
Es ist noch eine Stunde bis Mittag. Plattner muß verrückt geworden sein – befiehlt mir, mich nicht von der Stelle zu rühren und läßt sich stundenlang nicht blicken.

12

Ich sage der Sekretärin, daß ich Kilian bin und daß der Chef mich sehen möchte. Sie scheint mir nicht zu glauben, meldet mich aber doch an, über eine Sprechanlage. Statt einer Antwort öffnet Gelbke die Tür und winkt mich in sein Zimmer, mit den Handbewegungen eines Polizisten, der eine verstopfte Kreuzung räumen will.
Wir kennen uns nicht allzu gut, obwohl er schon der Chef war, als ich hier anfing. Wir sehen uns nur auf Redaktionssitzungen, wo er entweder spricht oder nicht zuhört. Zu allen redet er wie zu Jugendlichen, für deren Schwierigkeiten mit dem Erwachsenwerden er Verständnis hat. Wenn ich mir vornehmen würde, ihm zu gefallen, wüßte ich gar nicht, wie ich das anstellen sollte.
Wir sitzen uns in den Besuchersesseln gegenüber, er ist verdächtig lange still. Er beugt sich über den Glastisch und gibt mir Feuer, da sehe ich in seinen Augen, daß er etwas weiß. Er weiß es! Ich fange an zu schwitzen, in meinem Sessel sitzt ein Lebensmüder. Wollte ich nicht kündigen? Ist mir nicht erst vor kurzem durch den Kopf gegangen zu kündigen? Für Minuten hatte ich doch den Verdacht, eine Kündigung könnte mir das Leben retten, was ist aus der Idee geworden? Man erzählt sich, daß er Jude ist, einige aber lachen darüber und behaupten, ihm seien im Krieg die Hoden weggeschossen worden, bei der Blockade Leningrads. Ich sage, um ihn aufzuwecken: »Sie haben mich herbestellt, Chef.«

Ein kleiner Ruck geht durch ihn, ein Besinnen. Er nickt, schaut dann auf meinen Gips, der um Zentimeter aus dem Pulloverärmel hervorschaut und inzwischen häßlich grau ist, und nickt noch einmal. Er weiß es, keine Frage. Ich sage: »Ich habe mir den Arm gebrochen.«
Hinter ihm sehe ich ein Lämpchen am Telephon an- und ausgehen. Ich war noch nie mit ihm allein in einem Zimmer. Er hat dafür zu sorgen, daß ein Gespräch in Gang kommt, nicht ich. Es wird auch gemunkelt, daß hin und wieder Artikel von ihm erscheinen, die in Wahrheit von seiner Frau geschrieben sind.
Er sagt: »Mein lieber Junge, ich habe mir Gedanken über Sie gemacht. Wir wollen nicht lange herumreden: ich habe vor, Sie aus den Nachrichten herauszunehmen.«
Die Sekretärin erscheint in der Tür, zeigt auf das Telephon und macht den Mund auf, aber er scheucht sie mißmutig davon, mit dem Handrücken. Sie geht wieder, nach einem verwunderten Blick auf den Gast des Chefs, der wichtiger ist, als sie gemeint hat. Es läßt sich leicht erkennen, daß eine so geringfügige Angelegenheit wie meine Versetzung und sein Unwillen über die Störung nicht zueinander passen.
»Ja«, sagt er, und seine Augen kehren von der Türklinke zu mir zurück, »ich will dich von den Nachrichten wegholen. Und zwar sehr bald.«
»Wohin und warum?«
»Mein erster Gedanke war, dich in die Lokalredaktion zu stecken. Ich weiß, daß du mit Hornkohl gut auskommen würdest. Aber es ist kein Platz dort, sie sind voll.«
»Warum muß ich versetzt werden?«

»Ich wette, daß du auch so zufrieden sein wirst, mein Junge. Wer sich den Arm bricht, dem muß sein Pech vergolten werden. Wenn ich als Kind hingefallen war, ist meine Mutter gleich mit dem Bonbontopf angekommen. Ab Montag arbeitest du wieder im Sport.«
Ich weiß noch, daß meine Großmutter, wenn einer von uns Zwillingen heulend auf der Nase lag, jedesmal rief: *Komm her, dann heb ich dich auf.* Man hat sich aufgerappelt und ist mit offenen Armen auf sie zugerannt, es war ein sauberer Trick. Ich sage: »Ich würde gern die Gründe hören.«
Er sieht mich unzufrieden an, mit einem Blick, der heißen soll: Muß ich sie wirklich sagen? Ich werde darauf bestehen, es paßt mir nicht, auf welche Weise man sein lieber Junge werden kann. Auch will ich wissen, wie es ihm in den Sinn kommt, daß ein Zusammenhang zwischen der Nachrichtenredaktion und meiner Sache bestehen könnte. Er gibt sich Mühe, das will ich nicht bestreiten, doch taugt er nicht zum Anteilnehmen. Wenn ich ihm so sympathisch bin, warum hat er es mich jahrelang nicht merken lassen?
»Ich werde Sie nicht zwingen«, sagt er mit einem Hauch von Ungeduld. »Wenn Sie partout nicht wollen, dann bleiben Sie natürlich, wo Sie sind.«
»Ich möchte nur wissen, warum Sie mich von einer Stelle an die andere schaffen wollen? Weil ich der Arbeit nicht gewachsen bin? Weil einer vom Sport es nicht mehr aushält? Weil ich eine Schachfigur bin, die nach Belieben gezogen werden kann?«
»Schachfiguren können nicht nach Belieben gezogen werden, mein Junge. Es gibt Regeln.«

Er steht auf, geht zu seinem Schreibtisch und blättert in einem Kalender. Ich nehme mir aus einer Karaffe, die auf dem Tisch steht, ein Glas Wasser. Er fragt, ob ich dann in die Sportredaktion umziehen würde, wenn er meine Frage zur Zufriedenheit beantworten könnte. Ich lasse eine kleine Pause vergehen, dann spitze ich die Lippen wie zu einem Kuß und nicke. Er fragt, ob ich das Märchen von der Mäuseplage im Katzenhimmel kenne. Ich schüttle den Kopf. Das Wasser in der Karaffe muß seit Wochen nicht gewechselt worden sein. Er setzt sich wieder hin und sagt: »Dort steht dem Sinn nach: Es gibt ein Glück, das nur der haben kann, der nicht fragt, woher es kommt. Nun ist es nicht *das Glück*«, er breitet bei diesen Worten beide Arme aus, »zum Sport zu kommen. Aber trotzdem.«
»War dieser Herr bei Ihnen, der in zu großen Kleidern herumläuft? Hat er sich nach mir erkundigt?«
»Wen meinen Sie? Was für ein Herr?«
»Ein ziemlich kleiner mit blanken Schuhen und einem grünen Ausweis.«
»Ich habe keine Ahnung, wen Sie meinen.«
Das Thema ist ihm unangenehm. Er möchte nicht einmal dahinterkommen, von wem ich spreche, auch das ist ein Hinweis. Ich will ihn nicht quälen, ich sage: »Unser Fall liegt ganz anders als in Ihrem Märchen. Glauben Sie, daß ich der falsche Mann für Nachrichten bin?«
»Ja, das glaube ich, mein Junge.«
Er nimmt das zweite Wasserglas vom Tisch und hält es prüfend gegen das Licht. Dann stellt er es zurück. »Ich habe schon einmal erlebt, daß jemand von Nachrichten regelrecht krank geworden ist. So wie andere auf Blüten-

staub oder auf Penizillin reagieren, so war der allergisch gegen Nachrichten. Wir mußten ihn rausnehmen, sonst wäre er eingegangen. Jede Neuigkeit hat er wie einen Trauerfall in der Familie aufgenommen, schon damals gab es keine guten Neuigkeiten mehr. Wenn man es genau nimmt, hat er natürlich nicht an den Nachrichten gelitten, sondern an den Zuständen, die dahintersteckten. Immer neuer Hunger auf der Welt, immer neue Waffen, Krieg da und Bürgerkrieg dort, wer soll darüber glücklich sein? Aber wissen Sie, mein Junge – nachdem er eine Weile draußen war, hat er sich besser gefühlt. Die Zustände waren immer noch dieselben, aber er hat sich besser gefühlt.«
Der Himmel weiß, wer seine Spitzel in der Zeitung sind. Wie aber sind die Spitzel an ihre Informationen gekommen? Wem habe ich mich anvertraut, was kann man mehr tun, als sich zu verschließen und zufrieden auszusehen? Mir kommt die Galle hoch bei dem Gedanken, wie Gelbke und jener kleine Herr zusammengesessen und mich durchgesprochen haben, wahrscheinlich in diesen Sesseln. Ich wünsche mir, von nun an nicht jedermann in unserer Redaktion für Gelbkes Zuträger halten zu müssen. Wieder flackert das Lämpchen auf seinem Telephon, der Sekretärin würde ich was erzählen!
Er sagt: »Der Mann, von dem ich spreche, ist ein Kollege von Ihnen. In diesem Moment ist er hier irgendwo im Gebäude, Sie kennen ihn. Heute nennt er die ganze Geschichte seine depressive Phase. Ich will offen zu Ihnen sein, mein Junge: Vor kurzem habe ich ihn gefragt, was für Ratschläge man einer Person geben könnte, der es ähnlich geht wie damals ihm. Wissen Sie, was er geant-

wortet hat? Daß sich nichts raten läßt. Er sei kein Experte für Depressionen, hat er gesagt, doch es gehöre unbedingt zum Krankheitsbild, daß man alle Ratschläge für falsch halte.«
Ich sage: »Es leuchtet ein, was dieser Mann behauptet. Es gibt Umstände, da will man einfach keine Ratschläge hören.«
Er nickt versonnen und fragt: »Warum erzähle ich Ihnen dann das alles?«
»Wegen der Mäuseplage im Katzenhimmel«, sage ich.
Nicht daran denken. Er hätte mich nicht zu sich zu rufen brauchen; niemand hätte ihn zwingen können, besorgt zu sein. Er hätte, nach dem Besuch des kleinen Herrn, sich sagen können: Was geht es mich an? Will ich ihm vorwerfen, daß er mich nicht links liegenläßt? Das blinkende Lämpchen ist schlimmer als die schrillste Klingel. Ich werde gnädig mit der Versetzung einverstanden sein, dann gehe ich raus und bin ab Montag wieder bei den Sportlern. Wollte ich das nicht? Zuvor werde ich nur noch über dieses eine Länderspiel schreiben, Irak gegen Iran, der letzte Langweiler vor einem neuen Leben. Die Anfangswoche wird mühsam sein, neue Leute sind überall herangewachsen, Boxer wie Wintersportler, ich bin nicht auf dem Laufenden. Ein paar Tage lang werde ich Berichte lesen und Ergebnislisten wälzen müssen. Gerti wird mir heraussuchen, was ich brauche.
Ich meine, ich tue so sicher, ich tue so, als wäre mit dem Hinüberwechseln zum Sport Die Sache erledigt. Ich tue so, als wäre ich tatsächlich jenem geheimnisvollen Kollegen verwandt, den man nur aus den Nachrichten zu nehmen brauchte, und schon konnte er freier atmen. Ich

habe Zweifel an dieser Methode. Die Lumpen machen ja überall weiter, auch wenn ich tausendmal beim Sport bin, die hören vom Nordpol bis Feuerland nicht auf, sich zu verschwören. Einmal hat mir jemand, mit dem ich über Strategie und Taktik stritt, geraten, ich sollte lieber, anstatt zu jammern, etwas tun und in die Partei meiner Wünsche eintreten. Ganz abgesehen davon, daß ich die nicht kenne – ich habe geantwortet, ich brauchte eine Partei von zwei Milliarden Mitgliedern. Er hat gesagt, es stehe mir doch frei, Verbündete anzuwerben. Ich habe ihn gefragt, ob er den Versuch, zwei Milliarden Leute zusammenzutrommeln, für aussichtsreich halte. Und so viele müßten es schon sein, um die Verschwörung zu zerschlagen.
Gelbke läßt sich die Plauderei mit mir viel Zeit kosten, da gibt es nichts. Er lächelt mir mit den Augen eines Mannes zu, dessen Geduld noch lange nicht erschöpft ist, und sagt: »Ich nehme an, Sie denken über meinen Vorschlag nach, mein Junge?«
»Stimmt.«
Ich bilde mir jetzt ein zu wissen, warum er andauernd *Mein Junge* zu mir sagt. Er wird meinen Namen vergessen haben. Er fragt: »Und wie haben Sie entschieden?«
Warum kann ich nicht wie ein normaler Mensch antworten? Warum bringe ich es nicht fertig zu sagen: In Ordnung, Chef, ich danke für Ihr Angebot, ich nehme es an? Warum muß ich so tun, als seien tausend Erwägungen anzustellen, als ginge das Entscheiden nicht so schnell, wie er sich das vorstellt? Warum habe ich solche Schwierigkeiten mit dem Wort *Ja*?

Er steht auf, ich stehe auch auf, er wird genug haben. Er sagt: »Wissen Sie was – es wird das Klügste sein, Sie nehmen meinen Vorschlag mit nach Hause. Betrachten Sie ihn übers Wochenende meinetwegen mit der Lupe. Wenn sich keine faule Stelle findet, können Sie am Montag immer noch einverstanden sein.«
»So ist es mir am liebsten«, sage ich.
Wir schütteln uns die Hand, er kommt mir müde vor, müde von mir. Doch gehen läßt er mich noch nicht, er faßt mich an den Schultern, die Abschiedsszene. Was hat er außer meinem Namen noch vergessen? Und übertreibt er nicht? Er sieht mich eindringlich wie ein Zöllner an und schweigt so lange, bis es scheint, als bestehe seine letzte Mitteilung aus diesem Schulterfassen und aus dem tiefen, tiefen Blick. Ich kann mir denken, was los ist: es widerstrebt ihm, mich ins Ungewisse zu entlassen, der Montag ist weit. Er möchte mir ein paar beschützende Worte mit auf den Weg geben und traut sich nicht. *Mach so etwas nie wieder, mein Junge. Es lohnt sich nicht, es ändert nichts, es deprimiert nur die Zurückgelassenen. Ein Selbstmordversuch, Junge, wo gibt es denn sowas!* Ich halte es nicht länger aus und sage: »Ja, Chef?«
Er läßt die Schultern los und nickt mir zu, als hätte er genau meinen Text gesagt. Ich wüßte allzu gern, wer seine Kundschafter in den Nachrichten sind; niemand hat sich mir je mit Fragen aufgedrängt, die machen das viel geschickter, als man glaubt. Wahrscheinlich hat er auch im Sport einen Gewährsmann sitzen. Er sagt: »Bis Montag dann, mein Junge«, ich darf verschwinden.
In der Kantine kaufe ich nur Kaffee. Gerti sitzt mitten in einem Sekretärinnenschwarm, und meine Lust ist nicht

groß genug, sie da herauszufischen. Ach, wird das am Montag eine Überraschung geben, ich werde eine große Schachtel Weinbrandkirschen springen lassen, um mich gut einzuführen. Weinbrandkirschen sind im Sport wie eine zweite Währung, zumindest war das damals so. Ich setze mich an einen freien Fenstertisch, mit dem Rücken zu der besteckklappernden Meute. Was haben wir für einen Monat, Oktober? Das ist eine günstige Zeit für den Wechsel, die Boxsaison ist in vollem Gang, und die Wintersportler halten es vor Erwartung kaum noch aus. Hat Eishockey nicht schon angefangen?

Ich mache also Pläne, am Montag gehe ich zum Sport und habe wieder einen Winter vor mir. Könnte man nicht auch sagen, daß Gelbke nur mit dem Finger zu schnipsen braucht, um meine Pläne zu ordnen oder zu durchkreuzen? Unsinn, er treibt mich nicht, er hat ein wenig Einfluß auf verschiedene Möglichkeiten, das ist alles. Es interessiert mich nicht, ob ein gewisser Kollege sein Glück zurückgewonnen hat, als man ihn aus den Nachrichten nahm. Denn die Idee stammt von mir, ich bin es, der dort nicht mehr sein will. So oder so, ich mache unversehens wieder Pläne, das läßt sich nicht bestreiten. Ich tue Gott weiß wie erwartungsvoll. Ist es wünschenswert, die alte Zuversicht, die Manfred so an mir vermißt, zurückzuerlangen? Ich meine, solange die Verschwörung nicht aufgedeckt und zerschlagen ist? Entweder das Rechnen mit dem nächsten Winter ist übereilt, oder Die Sache war es.

Plattner setzt sich zu mir, mit einem Kantinenessen, das er sofort zu verschlingen anfängt. Er fragt, warum ich nichts als Kaffee zu mir nehme, und ich erkläre ihm den

Zustand meines Magens nach der letzten Nacht. Ihm seien schon vorhin die Ringe unter meinen Augen aufgefallen, sagt er, bis eben habe er sie für die Folge einer wirklichen Krankheit gehalten. Dann muß ich die Geschichte meines Armbruchs erzählen, die schon längst vorbereitet ist und in der eine wacklige Leiter vorkommt. Plattner gefällt es, beim Essen unterhalten zu werden, mein lächerlicher Sturz von der Leiter ist gut dafür geeignet. Man könnte einen Reklamefilm für Kantinenessen mit ihm drehen, so wunderbare Laune hat er, und so volle Gabeln schiebt er sich in den Mund.

Bei der Nachspeise, einem gelben Brei mit dunkelbrauner Soße, hält er es für nötig, mich über die Ereignisse der letzten Woche zu unterrichten. Es ist nichts von Bedeutung dabei, natürlich nicht, doch er spricht in einem Ton, als wären seine Neuigkeiten ein Fundament fürs Weiterleben. Seit wir uns kennen, lache ich heimlich über ihn, über seine Rangfolge der Wichtigkeiten. Täglich verheddert er sich in Aufregungen, die keine sind, dafür berühren ihn die großen Katastrophen nicht. Daß laute Worte aus einem Zimmer gedrungen sind, in dem der Chef und die Redakteure eine Sitzung abhielten, regt ihn auf. Daß aber die Nachrichten, die er Stunde für Stunde sortiert und niederschreibt, wie Kassiber aus dem Fegefeuer sind, läßt ihn kalt. Daß aber Irma Schmitt vom Feuilleton und Hugo Willmer aus der Wirtschaft neuerdings ein Verhältnis haben, obwohl sie beide anderweitig verheiratet sind, das muß er mir berichten. Und ein solcher Mann wird verhaftet, weil er Informationen im Dienste einer fremden Macht gesammelt haben soll!

Ich sehe wie in einer Großaufnahme seinen Mund: die

Puddingfuhren werden eingeschoben, er steht nicht still, mal zu, mal offen, Zähne, Speisefäden, Plomben, und er erzählt. Die Lippen formen, vom Löffel zu kleinen Pausen gezwungen, immer neue Worte, die ihren Sinn verlieren und Teil des Kantinenlärms werden. Ich sehe seine Augen, Habichtsaugen hinter dicken Brillengläsern. Sie springen von mir zum Pudding, vom Pudding nach sonstwo, von sonstwo zu mir. Ich sehe Plattner, der schwatzt und futtert und der zufriedenste Mensch in dieser Zeitung ist. Vielleicht ist das der einzige Weg zum Überleben: zufrieden sein wie Plattner. Zufrieden sein wie meine Mutter, wie manchmal Sarah, zufrieden sein wie alle Zufriedenen, die ich kenne. Er ist ja nicht verrückt, seit Jahren sitzen wir in einem Zimmer, er ist ein hochintelligenter Kerl, dem nichts entgeht. Mit welchem Recht unterstelle ich, seine Art von Zufriedensein habe mit Beschränktheit zu tun? Weil ich selbst dazu nicht imstande bin?
Ich höre ihn wieder, als er fragt, ob ich für kommenden Donnerstag schon Pläne hätte.
»Warum?«
»Weil ich Geburtstag habe.«
»Ich vergesse das jedes Jahr wieder.«
»Es werden nette Leute da sein.«
»Ich muß zu Hause im Kalender nachsehen«, sage ich.

13

Es stimmt, ich bin noch längst nicht wieder der alte. Ich schlafe schlecht, ich betrachte mich mißtrauisch im Spiegel, ich springe unvermittelt von einer Ansicht in die andere. Eben war ich noch überzeugt davon, daß Sport das einzig Richtige für mich ist, ich meine, das Richtige für meine Möglichkeiten; im nächsten Augenblick plagen mich Zweifel, ob ich einem Boxkampf je wieder mit dem Mindestmaß an Neugier zusehen könnte, ohne das ich doch nur in eine neue Tortur geriete. Und nichts ist zwischen den beiden Ansichten passiert, ich habe nicht nachgedacht, mir nichts ausgemalt und keine Argumente abgewogen. Es trägt mich ohne Grund von einer Ansicht in die gegenteilige.
Die Nacht zum Sonnabend fällt mir schwer, vielleicht weil der Arm auf einmal drückt. Es ist kein Zustand, todmüde zu sein und nicht schlafen zu können; es ist, als stehe man draußen in der Kälte vor einem warmen Haus, dessen Eingangstür man nicht finden kann. Wenn Manfred nicht alles weggetrunken hätte, wüßte ich mir zu helfen. In der Diele brennt Licht. Solange Frau Abraham verreist ist, darf ich zu faul sein, um aufzustehen und es auszumachen. Die Frage, wie sehr mein Herz noch an den Sportlern hängt, läßt sich blind nicht beantworten. Zuvor muß ich die neuen Leute sehen, am Ende reißen sie mich vom Sitz. Ich wäre froh, wenn eine Dublette links oben/rechts unten, wie Benno Rimkus sie einmal schlagen konnte, mich halb so begeistern

könnte wie damals, das ist mein voller Ernst. Wohin sollte ich denn gehen, wenn es auch beim Sport nicht auszuhalten wäre?
Meine letzte Freundin vor Sarah, eine Pädagogikstudentin mit Namen Margot, hat während eines Streits einmal zu mir gesagt, ich sei jemand ohne Überzeugung. Ich handle, wie es mir gerade in den Sinn komme, zufällig und je nach Stimmungslage, nie aber nach einem System von Ansichten, wie ich es in meinen Jahren längst erworben haben sollte. Ich war damals sechsundzwanzig. Nie könne eine Entscheidung ruhig in mir wachsen, warf sie mir vor, ich sei immer auf den erstbesten Einfall angewiesen, der zwar gut sein könne, doch eben auch sehr dumm. Sie wollte darauf hinaus, daß mich das Fehlen von Überzeugungen unzuverlässig mache, für andere und auch für mich. Nebenbei gesagt, hat sie mich kurze Zeit danach verlassen.
Ich liege da und trage Margots Ansichten zusammen, so wie man einen Notgroschen hervorkramt. Es führt zu nichts, obwohl ich mich an jedes Wort erinnere. Es hilft selbst dann nicht weiter, wenn ich unterstelle, daß sie recht gehabt hat. Was nützen mir Überzeugungen, ich brauche mir nur die vielen Überzeugten anzusehen, schon schüttelt es mich. Die Überzeugten sind die Schlimmsten, ohne sie gäbe es keine Verschwörung, sie sind verantwortlich für alle Katastrophen. Die Lampe in der Diele stört. Ich mache sie aus und bin dem Schlaf gleich näher.
Zum Frühstück koche ich ein Ei und merke erst, als es im Becher steckt, was ich mir damit eingehandelt habe. Das Schälen gelingt mit Mühe, doch als es ans Essen

geht, kapituliere ich, ich kriege den Löffel nicht ins Ei. Nachdem ich es weggeworfen habe, erinnere ich mich an einen alten Film: der Koch schlägt ein Ei auf den Pfannenrand und läßt es dann, einhändig, aus der Schale in die Pfanne plumpsen. Ich versuche das Kunststück nachzumachen, aus Appetit oder aus Ehrgeiz, dann wische ich den Herd sauber und bin für Wochen mit Eiern fertig.

Ich mache mich über den irakisch-iranischen Krieg her, ich möchte ihn hinter mir haben, der Weg zum Sport soll leergeräumt von Hindernissen sein. Dreißig Zeilen, hat Gilbert gesagt. Ich schreibe einen Satz hin, der keine Bedeutung hat, dann noch einen, es ist genau das Richtige. Zeitungssätze. *Die Lage im Mittleren Osten spitzt sich weiter zu. Immer mehr Anzeichen deuten darauf hin, daß ein langer Konflikt bevorsteht, an dessen Ende es keinen Sieger geben wird.* Dann werfe ich die Seite weg, sitze vor der nächsten und spüre, daß ich die Fähigkeit verloren habe, den Kommentar zu schreiben. Ich bin nicht mehr der alte, schon wieder. Mir fehlt der Mut, nein, nicht der Mut, mir fehlt die Unbekümmertheit, dreißig Zeilen zusammenzuklauben. Es wären dreißig Zeilen Abfall. Was könnte ich anderes schreiben als: *Hört auf, ihr Wahnsinnigen, macht auf der Stelle Schluß!* Sie würden es nicht drucken, für solche sprachlosen Ausbrüche wäre kein Platz in der Zeitung. Und selbst wenn sie es druckten, würde sich kein Schwanz danach richten.

Ich werde Gilbert anrufen und ihm sagen, daß mir zu seinem Kriegchen nichts einfällt, welchem Gedanken ich auch hinterherjage. Und daß ich lieber diese amerikanische Präsidentensache übernehmen möchte, tut mir leid. Aber auch damit wäre mir nicht geholfen, ich würde genauso ratlos vor dem leeren Blatt hocken und nichts zustande bringen. *Um Himmels willen, wählt bloß den nicht!* Alles läuft auf dasselbe hinaus, die Kommentare wie die Themen, sie werden einander immer ähnlicher. So wie die Menschen aufhören, eigene Schicksale zu haben, unverwechselbare, und nur noch vorgefertigte Biographien ableben, so gleichen sich auch die Ereignisse immer mehr. Ich werde den Nachrichtenleuten einen Vorschlag machen, mein Abschiedsgeschenk an sie: sich Kommentare hinzulegen wie Passepartouts. *Um Himmels willen!* oder *Bloß nicht!* oder einfach *Nein!* Man könnte Mühe sparen, Zeit und Platz, man könnte ruhig den Ereignissen entgegenblicken. Wenn einer auf das Unvorhergesehene aus ist, dem bleibt doch wirklich nur eine Möglichkeit, sofern man Bücher wie den *Langen Abschied* einmal außer acht läßt: Sport. Ich meine, wenn es mit rechten Dingen dabei zugeht und wenn man nicht gerade einen Meister mit einer Niete in den Ring stellt. Ich würde es niemals wagen, über einen Kampf zu schreiben, den ich nicht mit eigenen Augen gesehen hätte.

Also werde ich Plattner anrufen und ihn bitten, für mich den verdammten Kommentar zu schreiben. Ich weiß, daß die Bitte unverschämt ist, Plattner hat Frau und Kind und auch nicht mehr Wochenenden zur Verfügung als andere Leute, ich werde ihn anrufen. Und wenn er nicht will, dann rufe ich Gilbert an. Vielleicht ist Gilbert Gelbkes Mann in den Nachrichten, so kurz vor der Pensionierung? Ich rufe Gilbert an und bitte ihn um denselben Gefallen. Und wenn auch er nicht will, dann sage ich: Gilbert, ich werde den Artikel so und so nicht schreiben. Ich habe dir das Wichtigste noch nicht erzählt – ab Montag sitze ich beim Sport. Und ich sage: Du kannst von Montag früh an meinen Schreibtisch haben, ist das nichts? Und behalte ihn diesmal, du findest in dem Zimmer keinen besseren. Ich muß mich übers Wochenende auf die neue Sache vorbereiten, ich muß versuchen, an einem einzigen Wochenende vier Jahre Boxen aufzuarbeiten. Du mußt das verstehen, Gilbert, werde ich sagen, und wenn du es nicht verstehst, dann kann man auch nichts machen, hab einen schönen Sonntag. Doch vorher rufe ich Plattner an, vielleicht läßt sich die Angelegenheit im Guten regeln.

Während ich das Notizbuch mit Plattners Nummer suche, klingelt das Telephon. Es ist Sarah, man glaubt es kaum. Mir schlägt das Herz nicht schneller, es ist das erste, was ich merke. Vor wieviel Tagen hat sie mich verlassen, vor drei? Mir kommt es länger vor, ich will nicht übertrieben mürrisch klingen. Doch auch nicht allzu freundlich, nicht so, als wollte ich sie bitten, sich unsere Trennung noch einmal zu überlegen.

»Wie geht es dir?« fragt Sarah.

Ich sage: »Sicher rufst du wegen deiner Sachen an. Wie wollen wir sie austauschen? Mein Bademantel hängt immer noch bei dir.«

»Ich habe nicht an die Sachen gedacht.«

»Nein?«

»Ich wollte zu dir kommen. Aber dann dachte ich, ich müßte vorher anrufen.«

»Was ist passiert?«

Sie antwortet nicht, sondern fängt zu weinen an. Es wird neuerdings viel geweint in meiner Gegenwart, das fällt mir auf. Sie preßt hervor, sie habe doch nichts wissen können, und ich frage: »Was, zum Teufel, konntest du nicht wissen?«, aber es ist ja alles klar. Jetzt endlich pocht mein Herz, vor Wut, sie braucht nichts mehr zu sagen. Ich kenne die Geschichte so genau, als hätte sie sich vor meinen Augen abgespielt: Sonja hat sie angerufen, in dem Bedürfnis, von Frau zu Frau den jüngsten Vorfall zu erörtern. Welchen Eindruck hat er auf Sie gemacht, meine Liebe? Wahrscheinlich hat Sarah zuerst nicht verstanden, wovon die Rede war, doch irgendwann hat sie erfahren, was mir am Montagmorgen zugestoßen ist. Und was es mit dem Armbruch auf sich hat. Es war bestimmt ein harter Schlag für sie, ich will das nicht herunterspielen. Die Selbstvorwürfe müssen über sie hereingebrochen sein, weil sie sich ausgerechnet diese Woche ausgesucht hat, um mich davonzujagen. Als wäre in unseren bisherigen Jahren nicht genug Gelegenheit gewesen.
Sarah schluchtzt und jault und sagt noch einmal: »Ich habe wirklich nichts gewußt.«
»Beruhige dich. Du hast mit meiner Mutter gesprochen?«
»Sie hat gestern angerufen.«
»Du brauchst nichts zu sagen. Ich war bei eurem Gespräch heimlich in der Leitung.«
»Oh, Kilian!«
Ich bringe es nicht übers Herz, den Hörer aufzulegen, ihr Geheule treibt mir Tränen in die Augen. Sie ruft in bester Absicht bei mir an, meine Mutter ruft in bester Absicht bei ihr an, alle handeln in bester Absicht, und am

Ende der Kette von guten Absichten stehe ich als Opfer. Ich werfe einen kleinen Rettungsring aus, ich sage, sie müsse sich ein paar Augenblicke gedulden, es habe geklopft. Ich lege den Hörer hin und zünde die fällige Zigarette an. Ich lasse mir viel Zeit und gebe ihr Gelegenheit, mit dem Heulen fertig zu werden. Auf einen Zettel neben dem Telephon notiere ich: *Zum Anker?*
»Da bin ich wieder.«
»Können wir uns heute treffen?«
Ihre Stimme ist schlapp, klingt aber gefaßter. Der nächste kleine Stoß könnte sie wieder umkippen.
»Entschuldige, aber ich möchte wissen, wozu.«
»Ich muß mit dir sprechen. Es gibt viel zu klären.«
»Es gibt nichts zu klären, Sarah. Du willst mir nur beweisen, daß es dir mit der Trennung nicht so eilig gewesen wäre, wenn du gewußt hättest, was bei mir los war. Aber das glaube ich dir auch so.«
»Können wir uns treffen?«
»Heute geht es nicht. Auch morgen sieht es schlecht aus. Ich rufe dich am Montag an.«
Ich horche einige Sekunden, sie sagt nichts. Sie atmet heftig, mit offenem Mund, weil ihre Nase nach der Heulerei verstopft ist.
Ich sage: »Bis Montag dann« und lege auf. Ich bleibe neben dem Telephon sitzen und warte auf das nächste Läuten. Wenn sie noch einmal anruft, fahre ich sofort zu ihr hin. Sarahs Geruch kommt mir in die Nase, bis heute kenne ich keinen verrückteren, ein kleines Klingeln noch. Doch der Apparat bleibt stumm, ich werde mich am Montag bei ihr melden.
Ich rufe Plattner an und bitte ihn um Unterstützung in

der irakisch-iranischen Sache. Er ist bereit dazu, bevor ich meine Gründe nennen kann, wir brauchen keine zwei Minuten. Ich muß ihm nur versprechen, am Donnerstag zu seinem Geburtstag zu kommen, ein guter Preis. Dann liegt das Wochenende vor mir wie ein leergeräumter Tisch. Ich hätte schon heute meinen Bademantel zurückhaben können, vielleicht auch die Slipper, wenn ich nur gewollt hätte. Im Fernsehen zeigen sie einen Film über Pflanzen, die in der Wüste leben. Sie sehen Büscheln von Holzwolle ähnlich, kullern kilometerweit mit dem Wind und nehmen ihr bißchen Nahrung im Vorbeigewehtwerden auf. Und unter mir, wo ein junges Ehepaar wohnt, er Student, sie Ärztin, klingelt merkwürdig laut das Telephon.
Solange ich nicht tot bin, muß ich versuchen zu leben, ich meine, man kann nicht alles auf einmal haben. Eine ganz andere Frage ist, ob ich es den Verschwörern nicht zu leicht machen wollte. Je gefügiger man das Feld räumt, um so leichter kommen sie natürlich voran. Der wichtigste Teil ihrer Arbeit besteht ja gerade darin, mich auszuschalten, und will ich ihnen die Arbeit abnehmen? Im Ausguß steht das schmutzige Geschirr von drei Tagen. Während ich es unter Mühen abwasche, packt mich neuer Zorn auf meine Mutter. Anstatt halbe Tage zu telephonieren, sollte sie herkommen und mein Geschirr spülen. Ich wette, daß sie sich den Kopf zerbrochen hat, womit sie mir helfen könnte. Am Ende ist es ihr eingefallen: mit einem Anruf bei Sarah.
Ich lege eine Platte auf, Flötenmusik, ich habe sie zum letzten Geburtstag bekommen, von Manfred. An den Geburtstagen tauschen wir immer kleine Geschenke aus.

Ich fühle mich nicht einsam, das ist es nicht. Die letzten hundertfünfzig Wochenenden war ich nie ohne Sarah, ich muß mich nur an die Ruhe gewöhnen. Am Abend gibt es eine Boxveranstaltung in der Stadt, nichts Außergewöhnliches. Bei den ganz Leichten und bei den ganz Schweren halten sich manche Leute erstaunlich lange an der Spitze, nicht selten zehn Jahre. Nur in den mittleren Klassen, wo die Konkurrenz am größten ist, hört das Kommen und Gehen nicht auf. Dort werde ich kaum Bekannte treffen.
Zum Anker steht auf dem Zettel, am Ende hat Manfred recht. Wenn ich es mir ernsthaft vornehme, finde ich die Kneipe, da habe ich keinen Zweifel. Ich glaube, ich weiß sogar schon, welche es ist, nur hängt kein Anker dort. Wenn aber die Kellnerin einen Mann hat, einen bärenstarken, der mich am Kragen packt, sobald ich sie mit meinen unverschämten Augen ansehe? Ich hätte schon gestern hingehen sollen, nach der Zeitung, ich habe es vergessen. Wenn sie an mich gedacht hat, dann höchstens als an einen, der seinen Kaffee nicht bezahlt. Vielleicht sieht sie noch besser aus, als ich sie in Erinnerung habe, ich war ja einmalig betrunken. Vielleicht macht sie einen im Handumdrehen fröhlich, egal woher man kommt, und vielleicht kann sie meine Seele heilen. Vielleicht haucht sie mir Gelassenheit ein und weiß sogar ein Mittel, das gegen die Verschwörung hilft. Vielleicht erwartet sie mich mit offenen Armen.
Ich werde hingehen, obwohl ich zugeben muß, daß die Aussicht auf all diese Wohltaten gering ist. Aber es gibt die seltsamsten Zufälle. So bin ich zum Beispiel einmal an eine Bushaltestelle gekommen, an der eine junge Frau

stand, die ich für Gretchen Kosanke hielt, für ein Mädchen aus meiner Klasse, das ich seit der Schulzeit nicht mehr gesehen hatte. Ich trete also auf sie zu und will sie ansprechen, da sehe ich aus der Nähe, daß sie es überhaupt nicht ist. Minuten später kommt der Bus, und wer steigt aus? Gretchen Kosanke.

Verzeichnis
der suhrkamp taschenbücher
Eine Auswahl

Achternbusch: Alexanderschlacht 61
- Der Depp 898
- Servus Bayern 937

Adorno: Erziehung zur Mündigkeit 11
- Versuch, das ›Endspiel‹ zu verstehen 72

Alain: Die Pflicht, glücklich zu sein 859

Anders: Erzählungen. Fröhliche Philosophie 432

Ansprüche. Verständigungstexte von Frauen 887

Artmann: How much, schatzi? 136
- The Best of H. C. Artmann 275

Bachmann: Malina 641

Ball: Hermann Hesse 385

Ballard: Der ewige Tag 727
- Das Katastrophengebiet 924

Barnet: Der Cimarrón 346

Becher, Martin Roda: An den Grenzen des Staunens 915

Becker, Jurek: Irreführung der Behörden 271
- Jakob der Lügner 774

Beckett: Das letzte Band (dreisprachig) 200
- Endspiel (dreisprachig) 171
- Mercier und Camier 943
- Warten auf Godot (dreisprachig) 1

Bell: Virginia Woolf 753

Benjamin: Deutsche Menschen 970
- Illuminationen 345

Bernhard: Das Kalkwerk 128
- Frost 47

- Salzburger Stücke 257

Bertaux: Hölderlin 686

Bierce: Das Spukhaus 365

Bioy Casares:
- Die fremde Dienerin 962
- Morels Erfindung 939

Blackwood: Besuch von Drüben 411
- Das leere Haus 30

Blatter: Zunehmendes Heimweh 649
- Love me tender 883

Böni: Ein Wanderer im Alpenregen 671

Brasch: Der schöne 27. September 903

Braun, J. u. G.: Conviva Ludibundus 748
- Der Irrtum des Großen Zauberers 807

Braun, Volker: Das ungezwungene Leben Kasts 546
- Gedichte 499

Brecht: Frühe Stücke 201
- Gedichte 251
- Gedichte für Städtebewohner 640
- Geschichten von Herrn Keuner 16
- Schriften zur Gesellschaft 199

Brecht in Augsburg 297

Bertolt Brechts Dreigroschenbuch 87

Brentano: Theodor Chindler 892

Broch, Hermann: Werkausgabe in 17 Bdn.,

Buch: Jammerschoner 815

Carossa: Ungleiche Welten 521
- Der Arzt Gion 821

Carpentier: Die verlorenen Spuren 808
- Explosion in der Kathedrale 370

Celan: Atemwende 850

Chalfen: Paul Celan 913

Cioran: Syllogismen der Bitterkeit 607

Cortázar: Album für Manuel 936
- Die geheimen Waffen 672

Das sollten Sie lesen 852

Dick: UBIK 440

Die Serapionsbrüder von Petrograd 844

Dorst: Dorothea Merz 511

Dorst/Fallada: Kleiner Mann – was nun? 127

Dort wo man Bücher verbrennt 905

Eich: Ein Lesebuch 696
- Fünfzehn Hörspiele 120

Eliot: Die Dramen 191

Ellmann: James Joyce, 2 Bde. 473

Enzensberger: Gedichte 1955-1970 4
- Der kurze Sommer der Anarchie 395
- Der Untergang der Titanic 681
- Museum der modernen Poesie, 2 Bde. 476
- Politik und Verbrechen 442

Ewen: Bertolt Brecht 141

Federspiel: Paratuga kehrt zurück 843
- Der Mann, der Glück brachte 891
- Die beste Stadt für Blinde 979

Feldenkrais: Bewußtheit durch Bewegung 429

Fleißer: Ingolstädter Stücke 403
- Abenteuer aus dem Engl. Garten 925

Franke: Einsteins Erben 603
- Transpluto 841
- Ypsilon minus 358

Freund: Drei Tage mit J. Joyce 929

Fries: Das nackte Mädchen auf der Straße 577

Frisch: Andorra 277
- Der Mensch erscheint im Holozän 734
- Herr Biedermann / Rip van Winkle 599
- Homo faber 354
- Mein Name sei Gantenbein 286
- Montauk 700
- Stiller 105
- Tagebuch 1966-1971 256
- Wilhelm Tell für die Schule 2

Fuentes: Nichts als das Leben 343

Gandhi: Mein Leben 953

García Lorca: Über Dichtung und Theater 196

Ginzburg: Mein Familienlexikon 912

Goytisolo: Spanien und die Spanier 861

Gründgens' Faust 838

Handke: Chronik der laufenden Ereignisse 3
- Das Gewicht der Welt 500
- Die Angst des Tormanns beim Elfmeter 27
- Die linkshändige Frau 560
- Die Stunde der wahren Empfindung 452
- Der kurze Brief zum langen Abschied 172
- Falsche Bewegung 258
- Die Hornissen 416
- Langsame Heimkehr. Tetralogie. st 1069-1072
- Wunschloses Unglück 146

Hellman: Eine unfertige Frau 292
Hermlin: Lektüre 1960-1971 215
Hesse: Aus Indien 562
- Aus Kinderzeiten. Erzählungen Bd. 1 347
- Ausgewählte Briefe 211
- Demian 206
- Der Europäer. Erzählungen Bd. 3 384
- Der Steppenwolf 175
- Die Gedichte: 2 Bde. 381
- Die Märchen 291
- Die Nürnberger Reise 227
- Die Verlobung. Erzählungen Bd. 2 368
- Die Welt der Bücher 415
- Gedenkblätter 963
- Gertrud 890
- Das Glasperlenspiel 79
- Innen und Außen. Erzählungen Bd. 4 413
- Italien 689
- Klein und Wagner 116
- Kurgast 383
- Legenden 909
- Narziß und Goldmund 274
- Peter Camenzind 161
- Roßhalde 312
- Siddhartha 182
- Unterm Rad 52
Hermann Hesse – Eine Werkgeschichte von Siegfried Unseld 143
Hildesheimer: Mozart 598
- Stücke 362
Holmqvist (Hg.): Das Buch der Nelly Sachs 398
Horváth: Ein Lesebuch 742
- Geschichten aus dem Wiener Wald 835
- Jugend ohne Gott 1063
- Sladek 1052
Hrabal: Erzählungen 805

Innerhofer: Schöne Tage 349
Inoue: Die Eiswand 551
- Der Stierkampf 944
Johnson: Berliner Sachen 249
- Das dritte Buch über Achim 169
- Eine Reise nach Klagenfurt 235
- Zwei Ansichten 326
Joyce: Anna Livia Plurabelle 751
Kästner: Der Hund in der Sonne 270
Kaminski: Die Gärten des Mullay Abdallah 930
Kasack: Fälschungen 264
Kaschnitz: Ein Lesebuch 647
- Zwischen Immer und Nie 425
Kirchhoff: Einsamkeit der Haut 919
Kiss: Da wo es schön ist 914
Kluge: Lebensläufe, Anwesenheitsliste für eine Beerdigung 186
Koch: Jenseits des Sees 718
- See-Leben I 132
- Wechseljahre oder See-Leben II 412
Koeppen: Das Treibhaus 78
- Der Tod in Rom 241
- Reisen nach Frankreich 530
- Tauben im Gras 601
Koestler: Die Nachtwandler 579
Komm schwarzer Panther, lach noch mal 714
Komm: Die fünfte Dimension 971
Konrád/Szelényi: Die Intelligenz auf dem Weg zur Klassenmacht 726
Kracauer: Das Ornament der Masse 371
- Die Angestellten 13
Krolow: Ein Gedicht entsteht 95
Kühn: Die Präsidentin 858

- Und der Sultan von Oman 758
Kundera: Das Buch vom Lachen und Vergessen 868
Laederach: Nach Einfall der Dämmerung 814
Lem: Astronauten 441
- Der futurologische Kongreß 534
- Die Jagd 302
- Die Ratte im Labyrinth 806
- Die Untersuchung 435
- Memoiren, gefunden in der Badewanne 508
- Nacht und Schimmel 356
- Robotermärchen 856
- Sterntagebücher 459
- Waffensysteme des 21. Jahrhunderts 998
Lenz, Hermann: Andere Tage 461
- Der Kutscher und der Wappenmaler 934
- Der Tintenfisch in der Garage 620
- Die Begegnung 828
- Tagebuch vom Überleben 659
Leutenegger: Ninive 685
- Vorabend 642
Lexikon der phantastischen Literatur 880
Liebesgeschichten 847
Loerke: Die Gedichte 1049
Lovecraft: Cthulhu 29
- Berge des Wahnsinns 220
- Die Stadt ohne Namen 694
Majakowski: Her mit dem schönen Leben 766
Mayer: Außenseiter 736
- Georg Büchner und seine Zeit 58
Mayröcker. Ein Lesebuch 548
Mein Goethe 781
Meyer: Die Rückfahrt 578

- Ein Reisender in Sachen Umsturz 927
Miller: Drama des begabten Kindes 950
- Am Anfang war Erziehung 951
- Du sollst nicht merken 952
Mitscherlich: Toleranz – Überprüfung eines Begriffs 213
Molière: Drei Stücke 486
Mommsen: Goethe und 1001 Nacht 674
Moser: Gottesvergiftung 533
- Grammatik der Gefühle 897
- Lehrjahre auf der Couch 352
- Stufen der Nähe 978
Muschg: Albissers Grund 334
- Baiyun 902
- Fremdkörper 964
- Liebesgeschichten 164
- Noch ein Wunsch 735
Nachwehen. Verständigungstexte 855
Nizon: Im Hause enden die Geschichten. Untertauchen 431
Nossack: Der jüngere Bruder 133
- Nach dem letzten Aufstand 653
Onetti: Das kurze Leben 661
Oviedo (Hg.): Lateinamerika 810
Pedretti: Heiliger Sebastian 769
Penzoldts schönste Erzählungen 216
- Die Powenzbande 372
Phantastische Träume 954
Plenzdorf: Die Legende vom Glück ohne Ende 722
- Die Legende von Paul & Paula 173
- Die neuen Leiden des jungen W. 300
- Gutenachtgeschichte 958

Plank: Orwells 1984 969
Poe: Der Fall des Hauses Ascher 517
Proust: Briefe zum Leben, 2 Bde. 464
- Die Entflohene 918
- Die Gefangene 886
- Die Welt der Guermantes, 2 Bde. 754
- Im Schatten junger Mädchenblüte, 2 Bde. 702
- In Swanns Welt 644
- Sodom und Gomorra. 2 Bde. 822
Puig: Der Kuß der Spinnenfrau 869
Pütz: Peter Handke 854
Reinshagen: Das Frühlingsfest 637
- Sonntagskinder 759
Rochefort: Frühling für Anfänger 532
- Mein Mann hat immer recht 428
Rodriguez, Monegal (Hg.): Die Neue Welt 811
Rossanda: Einmischung 921
Rosei: Reise ohne Ende 875
Rottensteiner (Hg.): Blick vom anderen Ufer 359
- Die andere Zukunft 757
Rutschky (Hg.): Jahresbericht 1982 871
- Jahresbericht 1983 974
Sanzara: Das verlorene Kind 910
Schattschneider: Zeitstopp 819
Schleef: Gertrud 942
Schneider: Der Balkon 455
- Der Friede der Welt 1048
Schur: Sigmund Freud 778
Semprun: Die große Reise 744
- Was für ein schöner Sonntag 972
Shaw: Politik für jedermann 643
- Wegweiser für die intelligente Frau . . . 470
Soriano: Traurig, Einsam und Endgültig 928
Spectaculum 1-15 900
Sperr: Bayrische Trilogie 28
Steiner, George: Der Tod der Tragödie 662
Steiner, Jörg: Ein Messer für den ehrlichen Finder 583
- Schnee bis in die Niederungen 935
Sternberger: Panorama oder Ansichten vom 19. Jahrhundert 179
- Über den Tod 719
Stierlin: Delegation und Familie 831
Strawinsky 817
Strindberg: Ein Lesebuch für die niederen Stände 402
Struck: Die Mutter 489
- Trennung 613
Strugatzki: Die Schnecke am Hang 434
- Montag beginnt am Samstag 780
- Picknick am Wegesrand 670
Suzuki: Leben aus Zen 846
Szillard: Die Stimme der Delphine 703
Tendrjakow: Die Nacht nach der Entlassung 860
Unseld: Hermann Hesse – Eine Werkgeschichte 143
- Begegnungen mit Hermann Hesse 218
- Peter Suhrkamp 260
Unseld (Hg.): Wie, warum und zu welchem Ende wurde ich Literaturhistoriker? 60
- Bertolt Brechts Dreigroschenbuch 87

- Zur Aktualität Walter Benjamins 150
- Erste Lese-Erlebnisse 250
Vargas Llosa: Das grüne Haus 342
- Der Hauptmann und sein Frauenbataillon 959
Waggerl: Das Jahr des Herrn 836
Walser, Martin: Das Einhorn 159
- Das Schwanenhaus 800
- Der Sturz 322
- Die Anselm Kristlein Trilogie, 3 Bde. 684
- Ein fliehendes Pferd 600
- Gesammelte Stücke 6
- Halbzeit 94
- Jenseits der Liebe 525
- Seelenarbeit 901
Walser, Robert: Der Gehülfe 813
- Geschwister Tanner 917
- Jakob von Gunten 851
- Der »Räuber«-Roman 320
Warum lesen 946

Weber-Kellermann: Die deutsche Familie 185
Weiss, Peter: Das Duell 41
- Der andere Hölderlin. Materialien zu Weiss' »Hölderlin« 42
Weiß, Ernst: Der Aristokrat 792
- Der Verführer 796
- Die Erzählungen 798
- Die Kunst des Erzählens 799
- Franziska 785
- Ich – der Augenzeuge 797
- Männer in der Nacht 791
- Tiere in Ketten 787
Weisser: DIGIT 873
Winkler: Menschenkind 705
Zeemann: Einübung in Katastrophen 565
- Jungfrau und Reptil 776
ZEIT-Bibiliothek der 100 Bücher 645
Zulawski: Auf dem Silbermond 865
- Der Sieger 916
- Die alte Erde 968